一片叶子的春天

曹小鹏 著

北京燕山出版社

图书在版编目（ＣＩＰ）数据

　　一片叶子的春天 / 曹小鹏著 . — 北京 : 北京燕山
出版社 ,2021.12
　　ISBN 978-7-5402-6318-8

　　Ⅰ . ①一… Ⅱ . ①曹… Ⅲ . ①长篇小说—中国—当代
Ⅳ . ① I247.5

　　中国版本图书馆 CIP 数据核字（2021）第 259149 号

一片叶子的春天

著者：曹小鹏
责任编辑：战文婧
封面设计：马静静
出版发行：北京燕山出版社有限公司
社址：北京市丰台区东铁匠营苇子坑 138 号嘉城商务中心 C 座
邮编：100079
电话传真：86-10-65240430（总编室）
印刷：三河市德贤弘印务有限公司
成品尺寸：170mm×240mm
字数：86 千字
印张：10.25
版别：2022 年 6 月第 1 版
印次：2022 年 6 月第 1 次印刷
ISBN：978-7-5402-6318-8
定价：52.00 元

内容简介

　　这是一部情节曲折的励志小说。故事的主人公叶子度过了短暂的快乐童年之后，便被命运无情地抛弃了。先是痛失弟弟和母亲，原本温馨的家庭分崩离析，好不容易在苦难中长大，和青梅竹马的丈夫结婚生子，却又遭遇丧子之痛，随后婚姻解体，家庭破裂，没了活路的她在死亡线上被作者的祖父解救，后来在作者的帮助下逃至南疆，经过努力成为一名幼师。在南疆工作的日子里她从胡杨般坚毅的南疆娃儿身上找到了活下去的勇气，在武警江苏总队和武警兵团总队对南疆幼教事业的援建和帮扶里找到了活着的意义。在岁月的沉淀中叶子终于放下了过往的伤痛，她不再逃避，鼓起了勇气和曾经带给她万般痛苦的家乡以及那里的人达成了和解，也给自己的心灵彻底松了绑，终于迎来了自己的春天。谨以此书献给那些正处在迷茫中的年轻人，唯有努力和奋斗才能改变命运，只有懂得放下，懂得和世界和解、与自己和解，才会拥有不一样的明天。

目　录

第一章　童年

　　叶子和白冰是青梅竹马。叶子的家在河西岸，白冰的家在河东岸，小时候他们经常一起在门前的这条小河里捉鱼摸虾，后来上了学，从小学到初中，他们又是同班同学，还一直是同桌，彼此之间熟悉得不得了。

　　叶子是家里的独生女，听村里的老人讲，叶家本该有五个孩子，老大和老二都是男孩儿，但他们都没活过一岁就夭折了。老三也是个男孩儿，叶子母亲临近生产的时候，叶子的父亲早早地把妻子送进了城里的医院，生怕再有个什么闪失。可是真是怕什么就来什么，叶子母亲刚进产房就大出血，可怜的孩子还没来得及和父母见面就永远地离开了。

　　接连三次丧子之痛让刚从鬼门关挣扎回来的叶子母亲几近崩

溃，叶子父亲抱来那个已经凉透了的孩子，让她看了最后一眼，便匆匆离开了。

村里的风俗是夭折的小孩不能入土，更不能立碑祭奠，必须在夭折的当天夜里，由村里的几位老人找一处最为僻静的山沟将其烧掉，尸体被焚烧得越干净表示孩子越没有痛苦。我祖父说这是老一辈人唯一能为这些逝去的小生命做的事。

天黑了，叶子的父亲眼泪汪汪地找到了我祖父，祖父又找来了同村的大牛爷爷。北方的冬天滴水成冰，寒风瑟瑟，夜黑得可怕、静得瘆人。三个男人，两老一少，一个抱着一捆木材；一个举着火把；一个提着一个蓝色的塑料袋，袋子里面是那个可怜的孩子。

他们急匆匆往后山走去，村子里的狗全叫了起来，我害怕极了，一头钻进祖母的怀里，祖母紧紧地抱着我，一边抚摸着我的脸颊，一边自言自语道："真是个可怜的孩子啊！"

两年过去了，叶子的母亲一直没有再怀上孩子，身体也是一天不如一天。叶子的父亲依旧在自家的磨坊和油坊忙碌着，这个男人从来不在意自己的形象，魁梧的身材，粗壮的脖颈上顶着一颗小小的脑袋，身上的衣服简直能刮下二斤油来，黑乎乎的粗布衣裳贴在皮肤上，一年四季都是一副蓬头垢面的样子。

　　平时他不怎么言语，只有见到邻村的马寡妇时才会眉开眼笑，马寡妇家就住河对岸，她家的自留地却划在了我们村，就在叶子家磨坊边上，每次下地干活她都要从叶子家油坊门前经过。

　　马寡妇还不到三十岁，是个十足的美人儿。前些年，她的丈夫跟着几个外乡人在一家工地上干活儿，刚上工还没干几个月，马寡妇就接到工地老板打来的电话说她丈夫从二十多米的高架上一头栽下来，人当场就送了命，她就这样成了寡妇。

　　每次马寡妇从门前经过时，叶子父亲都忍不住斜眼儿盯着马寡妇那婀娜多姿的身段儿，连油灌满了都不知道，直到人家走远才发现油流了一地，心疼得直咂嘴，恨不得用手把地上的油捧回油壶里。

　　有段时间，村里来了一个瞎了眼的神婆子，听祖母说她能掐会算，好多人都请她给自家算命看风水。我祖父在村里算个文化人，他读过初中，还写得一手好字，自然不信这些怪力乱神的事儿，祖母也就不敢明目张胆地去凑热闹。

　　得知神婆子在村里设了桌案，专替别人算命消灾，已经好久没下过床的叶子母亲赶紧起身，对着镜子用手拢了拢自己那乱蓬蓬的头发，摇摇晃晃地出了门。

　　她虔诚地跪在那个神婆子面前，恳请老人家算一算自己什么时候能有个孩子。神婆子眼睛看不见，只靠用手摸。她盘腿坐在一条木板凳上，旁边放着一根柳树棍儿，神婆子就是拄着它走遍了周边的好几个村子。

只见神婆子仰起了头，双目紧闭，若有所思地将叶子母亲从头摸到脚，摸完之后，在叶子母亲的印堂处狠狠地摁了三下，说这是在给她开运，过不了多久就会有喜讯。

祖母躲在一边偷偷地听着，觉得不可思议。可有些事儿就是这么邪乎，神婆子走后不久，叶子母亲的身体真的渐渐好了起来，差不多半年的时间她又有了身孕。

叶子母亲肚子里有了孩子，叶子父亲一高兴就关了磨坊和油坊，只为精心照料妻子。叶子母亲的肚子一天天鼓起来，脸上的笑也一天天多了起来，村里的人也跟着高兴。那时候，村里人都很和气，冬天里闲着也是闲着，早饭之后大家就围坐在墙根下边晒太阳边闲聊。

我母亲为人善良，少言寡语。她和祖母不一样，祖母喜欢在外面跟人聊天，回家之后喋喋不休地讲给其他人。祖父总是嫌祖母嘴碎，尤其是在他认真写字的时候。不过我倒是很喜欢听祖母说话，从她这里听到了不少故事。

有时候早上刚吃完饭，祖父进了书房虚掩着门，祖母从门缝里窥见祖父正站在桌案前练字，赶紧扔下碗筷，顺手拎上一

只小板凳，拿上针线活就开溜了。她一口气跑到了"心愿门"，很快就成功地融入了聊得热火朝天的人群。

关于"心愿门"的传说，小时候祖母给我讲过无数遍。传说从前有个姑娘，二十几岁还没有出嫁，成天在家里纺线，其他人都叫她老姑娘，可她还是不为所动，继续纺线，父母也拿她没办法，只好到处托人去说媒。谁料这姑娘不愿意见人家，最后都不了了之了。

后来，不知道什么缘故，这姑娘很爽快地就答应了一门亲事。这时，她纺的线也恰好堆成了小山。

她出阁这天，男方家抬来了三顶轿子，轿子后面跟着一支长长的迎亲队，吹着唢呐、唱着歌来接新娘。和父母依依惜别后，新娘带着两个线头上了那顶红轿子。

坐在轿子里的新娘最后一次掀起了帘子，她伸出头来仔细打量着这个她曾经生活过的地方，流下了两行滚烫的泪水。在轿子经过门前时，她将一个线头儿系在了一个树桩上，另一个线头儿则被她紧紧地攥在手心里。抬轿子的都是些年轻人，他们一边卖力地晃着轿子，一边欢快地互相开着玩笑。

"晃轿"是村里人迎亲的习惯。我祖母嫁给我祖父的那天，抬轿子的牛大爷就是晃轿子的总指挥，他在最前面一吆喝，其他抬轿子的人也跟着吆喝起来，脚下踩着十字步笑嘻嘻地晃动着肩上的轿杆，晃得轿子里的祖母头晕眼花，当祖父掀起轿帘请祖母下轿时，祖母嘴里还直冒酸水儿。

这也是祖母告诉我的，别看这个白发苍苍、大大咧咧的老太太成天忙着到处管闲事儿，可当她讲起和祖父的故事时，她仿佛依然是那个坐在轿子里的新娘，满脸都是幸福娇羞的模样。

再说回这个传说，新郎官迫不及待地站在门口和众人一起张望着路口，新娘的轿子终于到了家门口。害羞的新郎官被同伴们簇拥着来到了轿子前，他红着脸掀起了轿帘儿，可奇怪的是轿子里的新娘没了踪影，只有一个线头儿系在轿子上。

后来，人们才发现这个线头从新娘娘家门前的树桩上一直拉到新郎家门前。新郎家和新娘家以及村里的男女老少足足找了好几个月也没有找到新娘的任何踪迹。一天夜里，新娘的母亲在梦里见到了女儿，她头戴凤冠，身着绫罗绸缎，笑盈盈地站在云端。她告诉母亲："我已经修道成仙了，希望父亲母亲不再挂念，每年的农历七月初九，我都会来看您。"母亲刚要伸手去抱她，她便化作一团烟雾飘走了。

母亲拼命追着那烟雾往前跑，直到它飘到了自家门前的树桩上，那树桩就像被人施了魔法一般，瞬间吐出一片片新芽来。第二天一大早，村里就炸了锅，大家都坚信这个姑娘成了

仙，于是娘家和婆家共同为姑娘修一座坟，将她使用过的物品埋在里面，又为她修了一座庙，还请雕塑师傅为她雕了一尊神像。从此，村里多了一个神仙庙，姑娘家门前也被称为"心愿门"。每年到了当初姑娘出嫁的那天，村里的人就会把神像从庙里请出来，由年轻力壮的小伙子抬着轿子先送到娘家住三天，再接去婆家过三天。途经村子家家户户都会做各种好吃的来上供，沿途烧香、跪拜，以求神仙庇佑。

后来，村里人的日子都好过了，每年的这一天，大家都自愿凑份子请当地的戏班子来唱秦腔。我母亲是我们村的金嗓子，她喜欢听戏更喜欢唱戏。祖父在书房里写字，他不用去戏场里，只要侧耳一听就能分辨出哪段是我母亲唱的，有时候他也会跟着哼几句。

现在的年轻人没有几个还知道这个传说，但这个风俗却一直延续到了今天。从我记事起，"心愿门"就是村里人茶余饭后谈天说地的落脚点，也是我祖母打听消息的好去处。

上面说到叶子母亲的肚子一天天鼓起来，叶子的父亲为了照顾妻子就关了磨坊和油坊。经历了前面几次丧子之痛，这个男人变得更加小心翼翼，他无微不至地照顾着这个瘦弱的女人。

这年快过年的时候，嫁到县城的姑姑托去县里开会的支书

爷爷捎了话回来，她让祖母带着我去县里，她要给我们买几件新衣裳。

姑姑的家就在县医院旁边。我和祖母从姑姑家出来，正好看见叶子父亲搀扶着叶子母亲在医院门口散步，她的肚子大得惊人，胸口顶起的位置可以放一碗水上去，我被吓得赶快躲到祖母的身后，用一只眼睛偷偷地瞄她。

她拉着祖母的手激动地说："婶儿，这次是双的。"当时我不大懂这句话的意思，可看她笑得那么开心，就觉得那应该是件好事儿。果真没过几天，她就顺利生下了一对龙凤胎。

我祖母一回村里，十里八村的人就都知道了叶家的喜事儿，大家都跟着高兴了好几天，等他们从医院回来后，村里的妇女们更是争先恐后去看他们娘儿仨。

隔了几天，我母亲带着我也去看他们，那时候我才三四岁。只记得，母亲连夜缝了两件小衣服送给了这两个孩子。我拽着母亲的后衣边，躲在母亲身后。自从上次在县医院门口被她那硕大无比的肚子吓到，提到她我总是不由自主地有点害怕。

叶子父亲看见了我母亲，赶快跑出来迎接我们，他笑着从母亲手里接过装小衣服的手提袋儿，在门口放了一挂鞭炮。进了屋，我母亲一屁股就坐到了炕沿儿上，我却站在门外不敢

进去。

叶子母亲在里面唤我的小名："思思，快进来吧！你肯定没见过一模一样的两个娃娃，连我自己都分不清楚呢。"女人坐在炕中间，旁边躺着她的两个心头肉。

我母亲伸手拉我进屋，我往后缩了缩，小心翼翼地挑起门帘儿，从帘缝儿里瞧见了他们。小小的脚，小小的手，小小的身体上裹着一色儿的花棉袄，他们不哭也不闹，安安静静地躺在被窝里。

孩子已经长得白白胖胖了，大的是姐姐，她比弟弟早出生了八分钟，她父亲给男孩起名叫叶青，女孩就叫叶子。一年到头活在香油和面粉里的这个男人，终于在孩子满月这一天换上了一身新衣裳，去县里的理发店正儿八经地理了一回发，他给自己的女人也买了一身新衣裳，还送给她一条村里女人都有的方头巾。

儿女双全之后，叶子父亲那张苦瓜脸上终于多了一丝笑模样，他不再成天眼睛直勾勾地盯着马寡妇看了，而是将自己所有的注意力都放到了自己那双儿女身上。

有一天，他从城里买回来了一对带花纹的玻璃杯，逢人就说："等我的叶子和叶青长大了，就让他们分别坐到我的左腿和右腿，一个倒茶，一个倒酒，到那时我就要天天过大年啦！"

太阳一天天升起又落下，山下的这个小村庄，家家户户依旧过着之前那种平淡、祥和的日子。

春节过后，叶子家的磨坊和油坊也在一阵爆竹声中开始营业了，她们家的好日子才刚刚开始。

阳春三月，门前的那条小河又开始活了起来，它的两岸长满了青草和野花，一群野鸭子惬意地浮在水面上梳理着它们的羽毛，一棵棵垂柳在微风中甩着长长的辫子，洁白如雪般漂亮的柳絮漫天飞舞。

孩子们是最快活的。大一点儿的孩子一手高高地举着风筝，一手牵着线坠儿在前面快乐地奔跑，小一点儿的孩子你追我赶地跟着风筝跑。我经常是小孩子里面跑得最慢的一个，我哥哥只顾着他自己手里的风筝，任我躺在地上打滚儿撒泼，他的眼睛，他的魂儿，都早已跟着天上的风筝飞走啦。

春天的种子就这样悄无声息地在这条小河边上落地生根了。此时，河对岸的白家也传来了喜讯，听说白家的大儿媳头胎就生了个儿子。

白家祖上是有钱的大户人家，过去他们光良田就有上千顷，气派的白家大院里住着老爷、太太、公子和小姐，由一百多个仆人专门来伺候，还经营绸缎铺和钱庄。那个时候的白家真是人丁兴旺，富甲一方。

　　我祖父的祖父就是他们白家的长工，小河两岸的这些村庄里住的，除了白姓人家之外，其他姓氏的人绝大部分都是白家的家丁、仆人和长短工的后人。

　　大牛爷爷的祖上也是白家的长工，他老太爷从十几岁就给白家赶马车了，后来又带着自己的儿子去白家讨生活，那个年代的穷苦人家只要能填饱肚子，哪怕是当牛做马都行，只要主家能赏他们一口饭吃，他们便知足了。

　　后来，名声显赫的白家被抄了家，被遣散的那些仆人和家丁就在这条小河边安了家。从白家刚出生的这个孩子往上推，到他爷爷这一辈，白家就一直是一代单传，他老太爷为了能多生个儿子，就让自己的女人一连生了十一个孩子，可生到底就只生了他爷爷一个男孩，直到生第十二个孩子时女人大出血丧了命才算罢了。他爷爷和他奶奶生了八个女孩之后，才有了他父亲这棵独苗，到了他父亲这儿，第一胎就生了他这个大胖小子，白家自然得大摆宴席高兴上七天七夜啦！

　　因为他太金贵了，家里人就一直叫他金宝儿，直到他过了六岁生日那天，他爷爷才给他起名儿叫白冰，他父亲一直觉得这个名字不大好，究竟为什么不好，也说不清楚，毕竟他连一天学都没上过，斗大的字不识一个，纯粹就是个文盲，哪里会有咬文嚼字的能耐。

他父亲天生懦弱，为人又忠厚老实，他们家都是他爷爷当家，他父亲根本没有什么话语权，喜欢和不喜欢，在他父亲那儿都会变成咧嘴一笑，然后默认，可这一次为了他的名字，他父亲倒是持续抗议了十几年，直到咽气那天，也不曾用"白冰"这两个字称呼他。

白冰比叶子小一个月零三天，时间如流水，转眼间他们就到了上学的年纪。那个时候我们附近的村子里都没有学校，孩子们上学都要跑到十几里远的下坝村。

白冰和叶子也不例外，他俩挎着各自母亲专门为他们缝的花书包，叶子带着弟弟叶青，他们三个高高兴兴地去下坝小学报了名，就正式成为一年级学生了。

当天晚上，叶青躺在被窝里，不时翻着书包里那些还带有墨香味儿的书本儿，看了又看，闻了又闻，兴奋得睡不着。叶子对弟弟说："明天是开学第一天，我们可不能迟到，我看你还是快睡吧，天很快就要亮啦！"叶青扭过头来，瞪着两只大眼睛看着旁边的父亲，父亲轻轻地摸了一下儿子的小脑瓜，再亲了一下躺在母亲怀里的女儿，慈爱地说："姐姐说得对，我喊一二三，大家一起睡。"在父亲的安抚下，叶子和弟弟进入了甜蜜的梦乡。

白冰的爷爷小时候念过几天私塾，可到了白冰父亲这一

辈，日子实在过得艰难，白冰奶奶去世得早，白冰父亲上面还有八个姐姐，这一大家子都得张嘴吃饭，白冰爷爷常年东奔西跑地忙活，到陕西要过饭，帮人割麦子收棉花，干过货郎走街串巷，甚至还买了两只瘦骨嶙峋的猴子，带上一扇破锣，四处耍猴卖艺赚钱。

这种情况下，白冰父亲姐弟九个自然都没有进过学堂，白冰父亲十八岁那年和我父亲一起参加了县里的征兵，他父亲身强力壮，各项指标都合格，可就是因为没有文化，连自个儿的名字都不会写，当兵这条路就这样被断送了。当年看着我父亲身穿绿军装，胸前戴着大红花，由村里人送上军车的时候，他父亲缩在角落里哭成了泪人儿，之后的日子里就越发变得闷闷不乐。

到了白冰上学的年龄，他父亲说什么也想让儿子把书读好了，别再像自己一样，因为没有文化而活得卑微。看到领回来的新课本他父亲激动不已，高兴地跑到集市上买回了几张牛皮纸，仔仔细细地把课本包起来塞到儿子的书包里。

傍晚时分，白冰的爷爷赶着羊群从坡上回来了，瞧见自己儿子那爱书如命的样子，酸溜溜地说了一句："那东西能当饭吃啊？还不如整几头羊来得实在。"说完这话老头从上衣兜里掏出了烟斗，斜靠在门墩上大口抽起了旱烟。

　　第二天，白冰和叶子，还有叶青，穿着新衣服，挎着花书包，蹦蹦跳跳地上学去了。下坝小学比较偏僻，进出学校都是难走的山路，在泥泞的小路上走稍不注意就会滑下几十米的深沟里。

　　附近村子里，只要是条件稍微好一点的家庭，都想方设法地把孩子往镇上和县里的学校送，所以在这里上学的孩子也不是很多。破破烂烂的校园里只有六间教室和几棵胡乱生长的洋槐树，操场中间竖着国旗杆，五星红旗在微风中尽情地舒展着身姿，倒是让人一看就知道这里是所学校。

　　白冰在前面跑，叶子紧紧地拉着弟弟叶青的手跟在他的身后，翻过几道梁子，沿着深沟再往里走上几里路就能看见下坝小学。陈校长，一个特别有意思的白胡子老头，早早地就站在校门口等待着新学生们的到来。当他看到白冰、叶子和叶青三个时，便向他们招手，叶青挣脱姐姐的手跑到陈校长跟前，给他敬了一个礼，陈校长微笑着看着眼前这个脸上挂着汗珠儿的小男孩儿，摸了摸叶青的小脑袋，指着他身后的第一间教室说："快去教室，自己找位置坐！"

　　白冰和叶子坐同桌，叶青就坐在姐姐的前排，他总是忍不住扭过头来和她说话。在他们三个里面，数叶子最聪明，所有问题只要老师稍微点拨一下她立马就能明白。白冰也不甘

落后，他以叶子为榜样，处处学着她，所以他的学习成绩也不错，每次考试叶子要是第一名，那他准是第二名，如果叶子是第二名，那第一名肯定就非他莫属了。叶青则是班上出了名的捣蛋鬼，和他一样捣蛋的还有他的同桌胖头，他俩除了学习不行之外，其他干什么都在行，树上的麻雀、洞里的蛇、山里的野兔见了他们都得躲着走。

有一次，老师在上面讲课，叶青和胖头在下面叽叽喳喳说个没完没了，老师从讲台上走向他俩，胖头吓得一哆嗦，一松手藏在桌斗里的小花蛇就掉到了地上。其他孩子都吓得惊叫起来，教室里一片混乱。同样受了惊吓的小花蛇昂起头，吐着信子在教室里的地面上扭动着身子。叶青却不慌不忙地走过去，轻轻松松地拎起小花蛇，小花蛇在他手里服服帖帖的，站在一旁的胖头连忙为他鼓掌叫好，他拿出桌斗里的纸盒子递给叶青，让他把小花蛇装进去。老师被他俩气得脸都紫了，让这俩活宝马上把小花蛇带到学校外面的山坡上放生，然后在教室外罚站一个小时。

叶青的顽皮使得他父亲成了下坝小学的常客，三天两头地被陈校长请去。陈校长说："你这儿子跟女儿明明是双胞胎，怎么区别就这么大呢？你这儿子怎么就这么调皮呢？"这样的话叶子的父亲不知道听了多少回，每次他都拍着胸脯说："陈校

长，我给您保证，等回了家，我一定好好收拾这个兔崽子。"可每次当他见到叶青时，举起的巴掌又舍不得打下去了，多可爱的孩子啊，甚至他有一种说不出的得意和骄傲，在他看来调皮捣蛋也是聪明的表现，可没听说过哪个傻瓜调皮，不是吗？

下坝小学虽有些偏远，但是上学路上却很有意思。每天清晨，先是叶子叫醒了爱睡懒觉的叶青，然后他俩再去河对岸的白家，叫上白冰一起去上学。

春天到了，漫山遍野开满了迎春花，叶青和白冰趴在草丛里，像两只可爱的小青蛙，脸贴在草地上，撅着屁股，一心想抓住那只叫得最响的蝈蝈。叶子追着一群蝴蝶跑进了一片花海，香气逼人的杏花、洁白无瑕的梨花、娇艳粉嫩的桃花，还有好多叫不上名字的小花。叶子那红扑扑的小脸蛋，仿佛一朵漂亮的桃花儿在微风中绽放。

夏天，路旁的胡麻地里开满了紫色的小花，一阵风过，成千上万个紫色的精灵一起摇摆，他们仨站在田埂上，出神地望着眼前一片挨着一片的胡麻地，安静不了一会儿，他们又开始追逐打闹起来。

秋天，路边的庄稼地里结满了果实，横七竖八的玉米棒子堆满地。农民伯伯的锄头一下去，土豆的一家老小就都从泥土里钻出来了，有的红，有的白，有的紫，各家有各家的

颜色。看着四周没人，叶青抱来一堆柴火点着，白冰捡来几颗土豆扔到火里，叶子掰几个玉米棒子穿到棍子上，他们开始野炊了。

冬天的北方爱下雪，路上经常堆满了厚厚的积雪。有时候整个路面还会结上冰，这便成了叶青的溜冰场。他捡来一个废弃的汽车轮胎，一屁股坐上去，从陡坡上往下滑。叶青玩儿累了，他将轮胎主动让给白冰玩儿，叶子站在雪地上不敢动，她羡慕地看着白冰和叶青玩儿。有一次叶青从坡上滑下来的速度太快，轮胎飞到了路边的沟里，叶青也被甩出去了，他的裤子被划了一个大洞，白花花的棉花从棉裤里露了出来。眼看着上学要迟到了，叶青急得眼泪在眼眶里直打转儿，叶子只好扯了自己的头绳把破洞揪住扎了起来。

就这样，白冰、叶子和叶青在下坝小学里度过了他们最美好的小学时代。暑假过后，他们就要去镇上念初中了。眼看着马上就要开学了，可是一场突如其来的大暴雨改变了这一切。

事情还得从头说起，那年夏天，瓢泼大雨在这个偏僻的小地方足足下了两天一夜，河里的水涨得厉害，乡里的干部组织附近村子的人连夜搬到了临时搭建的帐篷里。一向调皮的叶青又趁着大人不注意，偷偷溜到河边，他看见河里有各种各样的物品顺流而下，有新的大沙发、五颜六色的衣服和鞋子、锅碗

瓢盆，还有一辆蓝色的玩具小汽车晃晃悠悠地漂在水里。毫无疑问，这些漂浮物都是洪水从上游村民家里冲来的。

叶青站在河岸上眼巴巴地看着那辆玩具小汽车，这是他在梦里无数次梦到过的，他太喜欢它了。湍急的河水奔流而下，叶青伸出了一只脚刚凑到水边就被一股巨大的冲击力打了回来，吓得他赶快退了回去。眼看着心爱的小汽车就要被河水冲走了，他垂头丧气地往回走，又忍不住一步三回头，多么希望一个大浪过后，小汽车就像水花一样溅到岸上来。他正这样想着，突然身后传来一声巨响，岸边的一棵椿树倒了下来，这棵椿树有碗口粗，在叶青姐弟俩还没有出生的时候，它就在这里长着了。

那棵椿树正好倒在了河里，那辆蓝色的小汽车被椿树挡住了去路，任由那急促的水流左右拍打也不再漂走。叶青的眼睛都看直了，他大叫一声："真是天助我也！"随后就朝河边飞奔过去。

小汽车的一只轮子刚好卡到了树杈上，它不偏不倚就停在了水中央，叶青着急地在岸上转来转去。刚开始他找来了一根木棍，可惜太短了，就算他使劲伸长胳膊还是够不到它。

他又尝试着挪动椿树，想要借助河水的冲击力让小汽车漂到他这边来，可他的力气实在是太小了，他铆足了劲蹲在地上

去拉拽，那椿树就好像长在了水面上一样纹丝不动。

　　小汽车就在眼前却够不着，叶青实在不甘心，他毕竟还是个孩子，一心想着要小汽车，最后竟然不管不顾地跳下水去拿，他哪里抵挡得住这汹涌的河水，刚一下水就被卷走了，再也不见踪影。

第二章　黑暗

　　三天之后，叶青的尸体在下游的李家庄被人们打捞起来，可怜的孩子浑身都是擦伤，身体被泡得浮肿，衣服和鞋子都不见了踪影，他光着身体躺在草帘子上。

　　他的父母得知这个噩耗，当场就昏死了过去，村里人都为这个孩子的离世悲痛不已，大牛爷爷找来了白布将他瘦小的身体盖起来。

　　当天夜里，后山又亮起了火把，几个黑色的身影出现在山上，打头阵的肯定是大牛爷爷，这已经是他送走的叶家的第四个孩子了。

　　叶青的离开给叶家带来了巨大的打击，叶子的父亲一夜之间白了头，还不到三十五岁的他瞬间变成了糟老头子。叶子的

母亲自从生下这对双胞胎之后，身体也是一天不如一天，再加上之前落下的病根，本来就已经弱不禁风，再碰上这么个要命的事儿，一瞬间就垮了。她整天怀里抱着叶青的小棉袄，坐在门墩儿上，嘴里不停地呼唤着儿子的小名"青青"。在儿子去世的头七之夜，这个饱经风霜的苦命女人也离开了人世，她追随着儿子的脚步永远地离开了叶子和叶子的父亲。

没了母亲和弟弟的叶子，开始变得胆小懦弱，她不再是那个天真烂漫的小公主了。她父亲的精神受了刺激，一天到晚抱着酒瓶子，经常醉得不省人事，有时候喝了酒还打人，连叶子也打。

冬天的一个晚上，他又喝得醉醺醺，一手提溜个酒瓶子，一手扶着村边的柳树东倒西歪地从河对岸往回走，突然一脚踩空掉到了路边的大坑里，在伸手不见五指的夜晚，他摸着黑往上爬，爬着爬着就在坑里睡过去了。

不知过了多久，他被冻醒了，拼命地抓住坑边儿上的野草，一点点爬了出来。从坑里爬上来的他满脸都是血，摇摇晃晃地回家了。叶子一个人在家担惊受怕，一直没敢合眼。后半夜，她听着有人一脚踹开自家的门，她赶紧屏住呼吸，脸贴在窗户上往院子里看去，只见一个黑影，嘴里叼着一支烟，烟卷上那个一闪一闪的红色火球如同鬼火一般，摇摇晃晃地进

了家。

叶子知道那是嗜酒如命的父亲回来了，她从炕上下来去厨房的大菜缸里舀了一勺子酸菜端给他，每次他喝得难受了，都会吃上一些酸菜，听村里人讲它和浆水都可以解酒。

叶子端着酸菜进了父亲的屋，屋里黑着灯，没有一点声响儿，她赶快打开了灯。在昏暗的灯光下，她看见一个浑身是泥、满脸是血的男人倒在炕上，她轻轻地晃了晃他的腿，还是没有任何回应。她以为他死了，赶紧伸手去摸他的鼻子。谁知他一下从炕上翻起身来，面目狰狞地看着叶子，嘴里还骂骂咧咧。叶子哆哆嗦嗦地拿来了毛巾替他擦脸上的血，他却像一头发了疯的野兽，一拳将叶子打倒在地。她蜷缩在地上大气也不敢出。这个丧心病狂的男人，揪住女儿的头发无情地扇了她几十巴掌。

叶子一遍遍向父亲求饶："求求您不要打我的脸，不要再打我的脸，不要……"天快亮了，这个男人终于打累了，也打够了，他爬上炕去继续蒙头睡大觉。

可怜的叶子被父亲打得遍体鳞伤，她的脸肿得像南瓜，两只眼睛被打出了血。第二天一早，她一瘸一拐地去了后山，趴在母亲的坟头上哭了一上午。

后来，我家搬到了城里，村里的人和事渐渐知道得少了。

有一年，祖母带我回村里给她的好姐妹刘奶奶做寿衣。我祖母的针线活儿就像她的那张嘴，十里八村找不出第二个能和她比输赢的。刘奶奶的儿女都很孝顺，为了老人家以后能体体面面地走，他们打算提前为她做好棺木和寿衣。于是她的大儿子就开着车去县里邀请我祖母回来帮忙，我祖母既得意又兴奋，她收拾好针线包儿，拉着我一起回来了。

城里住久了，便觉得乡下的一切都那么新奇，白天我和村里的小孩儿在门前的小河里玩耍，晚上跟着大牛爷爷他们在村里的小卖部里打扑克。大牛爷爷喜欢逗我，他总是在中间使坏故意让我输，每输一次，我的额头上都会被他们贴上一张纸条。夜深了，打牌的人收起了扑克，大家打算往回走。

突然，一个人跌跌撞撞地跑进了小卖部里，她头发蓬散着，赤着双脚，一进屋就蹲在地上抱头哭起来。

大牛爷爷一看就生气地骂了起来："混账东西，又撒酒疯！"我也认出来，那是叶子，可怜的叶子。大家把叶子拉起来，怜惜地安慰她。不一会儿叶子的酒鬼父亲就扛着铁锹闯了进来，他满嘴酒气，扬言要拿铁锹拍死自己的女儿。

最后，这个被酒精迷失了心智的男人，被大牛爷爷一脚踢倒在了地上，他像一个泄了气的皮球一样软塌塌地趴在院子里。

　　以前多么慈爱的父亲，如今却变得凶神恶煞，叶子低着头一遍遍回忆着母亲和弟弟，回忆着过去父亲曾给过他们的温暖，眼泪止不住地往下流。

　　后来，叶子在小叔叔的帮助下读完了初中，又上了我们市里的中专。她从小就喜欢当老师，所以她就选择了幼师专业，按理来说毕了业就可以找一家幼儿园去上班，可这事儿也被她父亲给搅黄了。

　　毕业那年，好多幼儿园都在招老师，叶子凭着过硬的专业技能成功进了一家公办幼儿园。可她刚上班没几天，小叔叔就到单位来找她了，说她父亲因为喝酒跟别人打架，打伤了对方的一只眼睛，现在人家正打算报警。叶子请了假，跟叔叔匆匆往家里赶。

　　快到村口了，叶子远远就看见马路上站着一大群人，他们好像看耍猴戏一般大声起哄架秧子。叶子拨开人群挤了进去，只见自己的父亲满身是血，左手食指断了一截，掉到了地上，酩酊大醉的他将一瓶白酒浇到了自己的头上，在众人围观下捡起脚下那截血淋淋的断指放在自己嘴边，作势要吃掉，叶子慌忙去阻拦他，不出意外地又挨了顿打。

　　眼睛被打伤的那个人，看到这种情形也吓跑了，叶子听旁边看热闹的人说，是她父亲自己将手放到了轧路机的传输带上

弄断了手指。当时村里在修路，他非要摸那根皮带，幸亏老司机及时按下了暂停键，要不然这人就废了。叶子听得心惊肉跳，她和叔叔费了好大的力气才将她父亲带到医院处理伤口再带回家。

就这样叶子不得不放弃了城里的工作，回到家里专门照顾自己的父亲，以后父亲走到哪里她就跟到哪里。一晃好几年过去了，叶子也到了该结婚的年纪。

这时候，白冰也读完了大学，被分派到了我们乡里一家单位上班。从小就彼此喜欢的叶子和白冰，终于在白冰多次相亲失败之后，确定了恋爱关系。但是他们的婚事却受到阻碍。白冰算是白家的骄傲，他是他们白家唯一的大学生，在他考上大学的那一天，他的父亲和爷爷这对冤家，竟高兴地抱头大哭起来。现在又分配了正经工作，白冰的父亲说话的声音也提高了八个度，他特喜欢背着手，抬头挺胸地绕着村子瞎转悠，逢人就夸自己的儿子。当然对于儿子的婚事，他也是横加阻拦，他觉得自己的儿子有出息，就应该有更好的选择，像叶子这样的女孩，压根儿就不在他们白家挑选儿媳的范围之内。说白了就是他觉得叶子配不上白冰，所以他和白冰的爷爷就四处张罗，托媒人给白冰介绍了许多女孩儿，可是白冰的心里始终放不下叶子，他和父亲就这么一直僵着。眼看着儿子的年龄越来越

大，结婚这件事儿却遥遥无期。最后他也放出了话来："以后不再掺和儿子的事儿了，不管他小子找个什么样的女人过日子，最终他还不得管我叫爹嘛！哎！彻底管不了了。"他一边摇着头，一边压低了声调向他的几个老哥们诉说着。

叶子的父亲疯疯癫癫的，对叶子的婚姻大事儿从不过问，更别提为女儿准备嫁妆了。倒是叶子的叔叔和婶娘一直拿叶子当自己的亲闺女，在她母亲去世的这些年里，他们不仅从牙缝里省出钱来供她读完了初中和中专，而且在那个物资匮乏的年代里，每年过年他们哪怕让自己的亲骨肉穿叶子穿旧了的衣服，也要为叶子置办一身新衣裳。

现在叶子就要出嫁了，叔叔和婶娘既为她感到高兴，又为她感到难过。高兴的是她终于找到了一户知根知底的人家，而且就在河对岸，平日里还可以多照顾照顾她的父亲，况且这个准女婿还是十里八村出了名的好后生。难过的是叶子这么一个好姑娘，从小就没了娘，父亲也不是个全乎人儿，神经错乱的他除了喝酒就是打架。婶娘坐在炕沿儿上，用手抚摸着叶子那两根粗粗的长辫子，百感交集地抹起了眼泪。

叔叔和婶娘没有向白家要一分钱的彩礼。叔叔说："要是我大哥还像以前一样精明能干，我大嫂也还在世上的话，他们也不会要过多的彩礼，他们就这一个掌上明珠，孩子们过得好比

什么都重要。"

虽然没有给叶家彩礼钱，但是白家的礼数都到了。就这样，他们两家迅速地约定了婚期，两个互相爱慕的年轻人就要走进婚姻的殿堂了。

婚期如约而至，叶子和白冰幸福地在一起了，穿着白色婚纱的叶子简直漂亮极了，高挑的身材，雪白的肌肤，清秀的面容。婚礼进行曲响起来了，当叶子出现在白冰的眼前时，他激动地流下了眼泪。高大帅气的新郎官，拉起叶子的手一遍又一遍地亲吻着。台下的众人不禁感叹道："真是郎才女貌的一对。瞧！他们多般配。"白冰父亲也在一边咧着嘴憨憨地笑着。

婚后，这对年轻人就是传说中的模范夫妻，在乡里工作的白冰怕媳妇一个人待家里无聊，在离乡里不远的县城买了一套三居室，他把自己的老丈人也接了过去。

每天一下班他都急匆匆往家赶，只为了能多陪会儿妻子，帮她照顾一下老人。叶子也沉浸在这甜蜜的爱情里，不禁觉得自己是全世界最幸福的女人。

两年之后，叶子和白冰有了他们的爱情结晶，她父亲的情况也有了好转。他积极配合医生的治疗，不再大量饮酒，清醒的时候他最喜欢和小外孙玩。他看着小外孙红扑扑的小脸蛋，总是忍不住想起他的叶青来。

有了儿子的白冰更是忙里忙外，村里的女人都羡慕叶子的好福气，白冰一时间便成了姑娘们找丈夫的标杆。

白冰和叶子的孩子两岁那年，刚好赶上白冰的爷爷过八十大寿，白冰是白家的长孙，自然不能缺席。老人在电话里还再三强调必须将小重孙也带回家来，白家好不容易赶上个四世同堂，一定要好好庆祝庆祝。从小就听话懂事的白冰为了不扫老人的兴，就劝叶子带着本来就生病发烧的儿子一起回老家为爷爷祝寿。

白冰的爷爷一看见白白胖胖的小家伙就乐开了花，他从寿椅上站起来，抱起重孙就亲，总觉得亲不够。可是孩子精神却不太好，加上又没休息好，当天晚上就高烧不退，白冰和叶子连夜带着儿子回城里了。但是没过几天就传来了孩子患了肺炎住院的消息，后来由肺炎又引起了严重的肺积水，再后来就听说那孩子没了。

失去了小外孙，叶子父亲的老毛病又犯了，他比之前疯得更厉害了。叶子的心也跟着儿子走了，她再也没有任何心思去管其他事，就连她父亲已经跑丢十几天了，她也懒得去理会。她不吃也不喝，两眼空洞，神情木讷，她的眼泪已经流干了，只有撕心裂肺的悲痛折磨着她。

看着心爱的妻子悲痛欲绝，白冰更是心如刀绞。他恨自己

为什么一定要让妻子带着儿子去老家参加爷爷的寿宴，恨自己没有早点把儿子送进医院，他的肠子都要悔青了。

跟岳父一样，白冰逐渐被这巨大的痛苦摧毁，他迷上了赌博，刚开始他还不想让叶子知道。可纸终究包不住火，直到输掉了县城里的房子，别人拿着他亲笔写下的字据，耀武扬威地将叶子从那个三居室里赶出来，人们才惊讶地发现，昔日那个优秀的男孩、宠爱妻子的好丈夫，已经走上了一条无法挽回的歪路。

还没有从丧子之痛中走出来的叶子，从那几个嘴里叼着烟、满口脏话、强行将她从家里赶出来的男人口里才得知丈夫的事儿，本就憔悴不堪的她连站都站不稳了。她想找到丈夫问问清楚，她往丈夫的单位跑了无数次，每次得到的答案都一样：他已经不在这里上班了，你到别处找找看。可她还能去什么地方啊？儿子没了，家也没了，现在连丈夫也没了踪迹。她只能来这里守着，时间长了，连单位门口的保安都懒得搭理她。

城里的家没了，公婆的家她也不敢回。自从丈夫出事，叶子就成了公婆嘴里的"丧门星"，更成了村民眼中"自带晦气的女人"，所有的不幸都成了她的错，人人都生怕沾染上她的晦气。

叶子只好回到自己家，那个曾经给过她无数温暖又让她品

尝过无尽辛酸的破烂小屋，她从口袋里掏出了一把钥匙，在锁眼里轻轻扭动了几下，门就被打开了。她推开眼前布满灰尘的旧木门儿，往里探了探头，里面空空荡荡、冷冷清清。

小时候他们一家四口围坐在一起吃饭的大圆桌，早已被他父亲拿到集市上换成酒喝了，家里已经没有几样像样的东西了。她用脚尖踢了踢粘在地上的一撮儿狗毛，又伤心地哭了起来。

看到狗毛，她便想起了从前，那时候母亲还活着，弟弟叶青也活着，那条黄毛狗是她外婆送给弟弟叶青的。那时候村里好多人家都养了狗，她和弟弟也想养一只，可她父亲讨厌猫和狗。所以他俩只能偷偷地羡慕养了小狗的孩子。

外婆知道叶子和弟弟都喜欢小狗，于是她就在邻居那儿要了一只小狗，那是一只黄毛狗，每逢假期和周末，叶子就领着弟弟上外婆家和小狗玩，叶青给它起名叫"浪仔"。

外婆去世前已经下不了炕了，还惦记着让舅舅把"浪仔"送到叶子家，并嘱咐叶子和弟弟好好照顾它，这是外婆留给她和叶青，还有母亲的唯一念想儿。

后来弟弟和母亲先后去世了，父亲得了疯病，有一天喝完酒之后，他在家先是一顿乱打乱砸，完了又将缩在墙角吓得不敢吱声儿的"浪仔"一把举过头顶狠狠地摔到地上，只听得它

惨叫了一声，连腿儿都没蹬一下就断了气。叶子越想越伤心，捂着脸大哭起来。

刚住回娘家的叶子，第一天晚上就被人砸了窗户。锅里被丢了石头，锅底子都被砸没了。她蜷缩着身子，静静地躲到箱子后面，好不容易挨到了天亮，可这还没算完。第二天要账的人又把她家围得水泄不通，他们指着叶子的鼻子大骂："跑得了和尚跑不了庙。你丈夫欠我们钱，你赶紧还，不给钱，就别想过好日子。"看热闹的人围得里三层外三层，有的踮着脚在门口张望，有的都爬到了她家的屋顶，却没有人帮她说句话。

大牛爷爷实在看不下去了，带上自己的三个儿子，顺手拎起锄头、铁锹和木棒。他们父子四人挡在叶子的前面，赶走了那些蛮横无理的人，才算平息了这场风波。

可这样的场面在接下来的日子里，可以说天天都在上演。各种恐吓和辱骂，使这个瘦弱的女人再也没有活下去的勇气，于是她想到了死。

曾经那么爱她的两个男人，一个疯疯癫癫不知所踪，一个为了逃避赌债抛弃了她。她一会儿哭一会儿笑，一会儿笑又一会儿哭。

终于，她用袖口擦干了眼泪，拿起了家里的一根麻绳，踩着厚厚的积雪，朝后山里走去。那里埋葬着她可怜的母亲和弟

弟叶青，还有从未谋面的三个哥哥。

她在母亲的坟前跪了良久。她抱着那个已经朽了的烂木头，那是当年母亲去世时，父亲砍了门前的一棵柳树，请大牛爷爷专门做的墓碑。如今她也要去找母亲了，她的世界里再也不会有人世间的这些痛苦和烦恼了。

她抬起头看了看母亲坟头儿上的那棵歪脖子树，没有一丝犹豫，身子一纵将绳子搭在树枝上，然后在绳子的两头打上了结。她对着天空绝望地叫了两声，然后就站在了一块木桩上，双目紧闭，两手抓着挽好的绳圈儿，将自己的脖子伸了进去。

这天正是腊月二十三，父亲开着车载着我们一大家回村里准备过年。父亲负责买肉买菜，我和母亲打扫屋子，祖母还是忙里偷闲，一会儿去东家，一会儿串西家。空着手出去的她，总是满载而归，不管东家的米，还是西家的面，只要别人敢跟她客气，她就真敢拿回来。她拿着一把葱，得意地向母亲炫耀："瞧！你李婶儿给的，真新鲜，可以包顿饺子。"她一边说，一边将手里的葱插到院子的土堆里，"明天吃，今天让它们再长一长，兴许一晚上的工夫，可以多长出几个饺子馅儿来。"

我祖父一大早就到后山去了，那里躺着他的父母和姊妹弟兄，每年他都要去祭拜他们。我祖父耳朵有点儿背，但眼神儿在同龄人里面绝对算得上数一数二。

　　叶子发出的惨叫，祖父完全没有听见，但他远远地看见那棵歪脖树上挂了个人，他心里一紧，赶快扔下手里的纸钱往树下跑。他走近了一看，原来是村头儿叶家的闺女，她已经昏死过去了。他差点儿拼上了一条老命，才将叶子从树上解救下来，可是村里的人都不愿意掺和叶家的事儿，谁也不愿意搭把手儿，最后还是我父亲将她送到了医院，经过医生的抢救，她算是捡回了一条命。

　　父亲将我和母亲接到了医院，好让我们陪着她。母亲在家里就给她炖好了鸡汤。看着她脖子上的那道紫色的勒痕，我母亲忍不住抹起了眼泪。

　　第二天，叶子终于睁开了眼睛，茫然地看着我和母亲，再看看自己身上的病号服，意识到自己还活着，她开始放声大哭。从小到大，我从来没见过有人这样哭过，旁边的病人和医生也都红了眼圈。母亲坐在床边抱着她，哭成了一团。

第三章　出逃

　　新年马上就到了，村里的人都忙着杀猪宰羊，家家户户开始张罗年夜饭了。我祖父却心事重重，他已经好几个晚上都没有睡觉了，成宿地坐到炕沿儿上抽旱烟，我祖母被气得要和他分房睡。

　　大后天就是年三十儿了，晚上祖父召集我们家所有人去他房里开会。他对我说："叶子是个可怜的孩子，那些逼债的人不会放过她。我们既然救了她，就不能再看着她活不下去。我已经给你和叶子买了火车票，你带着她明天一早儿就出发，到了你工作的地方随便给她找个什么能养活自己的活儿，要不然这孩子就是死路一条。"说着他从柜子里拿出了一些钱，我知道那是他这些年靠卖字画赚来的钱，他让我带上那些钱在路上用。

　　家里的其他人谁也不说话，他们看看我，又看看祖父。最后，我祖母说了一句："老家伙，你是不是疯了？后天就过年了，谁家这时候还把孩子往外赶？"

　　那天晚上我一宿未眠，翻来覆去都在思考祖父的话。天还漆黑一片，"咯吱"，我的房门响了，祖父轻轻地走了进来，叶子一声不吭地跟在他的身后。

　　我父亲和祖父将我和叶子送上了通往南疆的火车。就这样，叶子离开了那个带给她无限伤痛的小村庄。她像一个越狱的犯人一样，挣脱了那个冰冷的牢笼。

　　一路上她趴在我的腿上，眼泪一茬儿接着一茬儿地往下流，我用手梳理着她凌乱的头发，一路上我俩都没有说话。

　　火车足足走了两天一夜，叶子哭累了，趴在我腿上一觉睡到了天黑。第二天傍晚，我告诉她火车很快就到目的地了，她往窗外探了探头，看到了外面她从未见过的景色，我的思绪也随着外面一闪而过的风景飘向远方。

　　一望无际的戈壁滩上一片荒凉，偶尔可以看见几头瘦弱的骆驼，它们低着头只顾着吃草。几十公里开外的白杨树边儿上，隐隐约约可以看见一些村庄。

　　再过一个半小时就到我工作的城市图木舒克市了，这是一座美丽的城市，同时也是一座非常年轻的沙漠绿洲城市，叶尔

羌河穿城而过，库容量达7亿立方米的小海子水库水面开阔，城市公园环绕着水库修建，风景优美。夏天大家最喜欢去公园里纳凉，疲惫了一天的人们欣赏着音乐喷泉，悠闲而满足地跳舞唱歌。夜幕降临时，从山顶上射下来的彩色激光，把这座城市装点得更加美丽，登上山顶放眼望去，蜿蜒的街道，闪烁的霓虹灯，流动的水波，整个美景尽收眼底。

这里特别适合优质长绒棉的生长，每年到了采摘棉花的季节，万亩棉田犹如白云般随风涌动，除了机器作业之外，也有妇女和孩子，她们在田间地头来回穿梭，熟练地工作，系在腰间的袋子，一会儿工夫就鼓鼓囊囊的。孩子们在棉花堆里欢快地追逐打闹，妇女们休息的时候跳几支充满幸福和喜悦的舞蹈，欢声笑语响彻大地。

小时候，我大舅每年春节都会给我们寄来好多好吃的，尤其是大枣和核桃，父母告诉我，它们都是南疆的特产，那个时候的我懵懵懂懂，只惦记着吃，根本不关心其他事儿，听大人们的意思，南疆好像远在"天边"，得坐六七天的火车才能到。上了小学，老师告诉我们新疆是中国面积最大的、陆地边境线最长的、比邻国家最多的少数民族自治区。真正了解新疆还是上了初中以后，记得当我从地图上第一次发现新疆时，便兴奋地大叫起来，那种感觉好神奇，地图上看它离我们很远很远，

却仿佛又好近好近，只要动动手指就能够到。那时候，我多么希望自己快点长大，去看看这个美丽又神秘的地方。来这里工作后，我更是深深地爱上了这里。

每当秋天到来，秋风吹过，枣树叶子被刮走了，只剩下了诱人的枣子像糖葫芦一样一串一串地挂在枝头上。

工人们举起手里的长木棍，轻轻地敲几下树干，枣子们便争先恐后地落了地，紧接着另一个工人背着一个大号的吹风机，对准了地上散落的枣子一吹，枣子们就迫不及待地滚到了一起，不一会儿地上就堆起了小山。再经过清洗和包装，最后运往全国各地。

我最喜欢吃这里的核桃，它肉质饱满，麦收时节核桃也就成熟了。青核桃上市时，买核桃的人们蹲在摊位前一边精挑细选一边讨价还价，摊主咧着嘴拿起小刀轻轻地撬开一个，露出奶白色饱满的果肉，刚才还扎着口的几麻袋核桃，一瞬间被人们一抢而空。男摊主得意地点着烟，一边抖动着左腿一边清点着手里的钞票，女摊主又匆匆拉来了满满一车。

我住二楼，楼下的空地上也有一棵核桃树，它的树干很粗壮，树冠也很大，枝繁叶茂。推开窗户伸手就能碰到它的叶子，头一年不知道什么原因，结的果实星星点点，我大概数了一下也就二十七八个。第二年真是大丰收，满树都是果子，两

个一簇三个一团，足足有上千。从指甲盖那么大时，我就天天盼着它们快快长大，一有空闲时间我就打开窗户看着这些"小可爱"，它们喜欢和我捉迷藏，总是在夜里偷偷生长。

靠近我窗台的位置刚好有三个全身翠绿的"小可爱"，我总是忍不住想摸摸它们圆溜溜的大肚子。慢慢地它们身上的颜色变浅了，有的头上裂开了一个十字，树下围了许多馋嘴的小孩子，他们中间一个大一点的女孩儿拿着竹竿，瞄准了位置猛地一敲，核桃噼里啪啦地落了一地，其他孩子高兴得连蹦带跳，一窝蜂拥了上去，比赛谁捡得多。

他们又敲一次竿子，我的窗台边上的三个"小可爱"中的两个一起滚了下去，刚好掉到了一个小男孩的头上，他叫了一声，双手摸摸自己的脑袋，抬头看见站在窗边的我，我赶紧摆手表示不是我扔的，顺便伸手将剩下的一个"小可爱"摘了下来。

小男孩的脑门上还有一个红印子，他撩起自己的衣襟让我看，里面兜着的都是核桃，他天真烂漫的笑容里满是"炫耀"。我也笑嘻嘻地举起手里的"小可爱"让他看。过了好久我还是舍不得吃掉亲手摘下的那个核桃，于是把它放到了我的书架上，每天陪着我。

这里的玫瑰香葡萄晶莹剔透，颗粒饱满匀称，紫红色的外

衣薄如蝉翼，摘一颗放到嘴边，只用拇指和食指轻轻地一捏，Q 弹的果肉就从果皮里完全剥离出来，直接弹到你的嘴巴里，爽口多汁的香甜沁人心脾。

白杨树在这里随处可见，公路两旁那高大的白杨树，笔直地挺立着，像一个个魁梧的战士整装待发，时刻守护着这片宁静祥和的热土。每天清晨我骑着自行车从它们身边经过，温暖的太阳从树梢上斜射下来，照到我的脸上，微风拂过，茂密的树叶挨挨挤挤地发出"哗啦啦"的声响，每当这时，我都会不由自主地驻足倾听这些声音，它们是那样的纯粹干净，顷刻间会让我元气满满，然后内心归于平静。傍晚下班之后，我都会放慢速度，推着自行车在白杨树下走一段路，多数时候是在想其他的事情，有的时候只是单纯地想和白杨树多待一会儿。

这里民风淳朴，各族人民和睦相处、互帮互助。我的楼上、楼下住的都是少数民族朋友，平时我工作比较忙，邻居们做了好吃的经常会叫我过去。吃的次数多了，难免有些不好意思。但是如果不去，他们就会把热气腾腾的羊肉手抓饭送到家里来。每当这时我便不再觉得孤独，一下子有了归属感，连这座城市仿佛也变得更加亲切了。也正因为这样，我才放心地带着叶子来到这里。

刚来的时候，她因为水土不服，一下火车就开始不舒服，

第二天更是上吐下泻。我祖父和家里的其他人一个电话接着一个电话嘱咐我一定要照顾好她。那段时间我竟然学会了煲汤。

春天到了，天气渐渐暖和起来了，叶子的身体也好了起来。后来她和我成了同事，我们一起努力工作，一起利用闲暇的时间为自己充电。再后来她凭借自己的努力，通过了自学考试拿到了本科文凭，我打听到市里的一家公立幼儿园在招聘老师，给出的待遇也不错，就鼓励她去报考。叶子凭借扎实的基本功考了第三名，顺利得到了去那家幼儿园上班的机会。

第四章　重生

　　六月份，叶子就到那家幼儿园去上班了，当天晚上她请我吃了螃蟹和大虾，另加几瓶酒。这是我到南疆第一次喝酒，也是她人生中第一次喝酒，我们醉得一塌糊涂。明明走到了自家楼下，可是我俩死活找不到家门，于是我打电话叫来了出租车。几分钟之后，出租车就来了，开车的是一个中年男人，他摇下车窗问了句："去哪儿？"我赶紧说了我家的地址。那个男人抬头瞥了一眼二楼，他目光落到了唯一黑着灯的窗户上，悻悻地骂了句神经病，一脚油门就飞出了小区大门。后来每次说起这件事，我和叶子都笑得停不下来。

　　叶子刚去那家幼儿园的时候，孩子们还在老园区。老园区就在中学里面，是一栋靠近操场的二层小楼，外墙虽然画了彩

绘，但还是显得破破烂烂，有的地方墙漆也大片脱落了。

小小的院子中央有一个椭圆形花坛，里面有一排葡萄架，几棵叫不上名字的植物星星点点地开着几朵小花。大厅门口左右两边各有一棵藤树，它们枝繁叶茂，一直爬到了二楼教室的窗口。

楼里面也没过多的装饰，泛黄的墙面虽然后来又粉刷过一次，但是配上水泥地还是显得不够鲜亮。一楼和二楼各有五间教室，地面也是水泥的，空间狭小，光线昏暗，除了桌椅板凳、一块黑板和一台挂在墙上的老式电视机之外，再没有其他的教学设备。由于在中学里面，所以人们就叫它中学幼儿园，后来又更名为第一幼儿园。直到九月开学才搬到新园区。接到搬到新园的通知时，别说孩子们了，老师们个个都高兴得奔走相告，叶子也兴奋得几个晚上都睡不着，连做梦都是甜的。

新园的环境比之前好多了。每当夜幕降临，院子里所有的灯都会准时亮起来，把整个幼儿园照得通明。尤其是夏天的夜晚，叶子最喜欢沿着院子跑两圈，跑累了，她就会蹲下来静静地看一会儿天上的星星，它们是那么的明亮，像孩子的眼睛那样纯洁、灵动。

幼儿园的围墙边有一块空地，每隔两米就有一棵葡萄树，那是叶子和好朋友玲子、春燕儿一起种下的，一共种下了四十

棵。玲子全名王巧儿，她是山东姑娘，性格豪爽，讲义气，她比叶子早一年来幼儿园，是个名副其实的工作狂，往往为了一项工作她可以在幼儿园连续工作两三天。凭着突出的工作能力，她当上了保教主任，负责幼儿园的保教工作。

春燕儿，春天的燕子，大家一般都叫她春春。她们三个里面就属她来幼儿园的时间最长，资历最老。平日里温文尔雅的她只要一进入工作状态就像变了一个人，雷厉风行，今日事今日毕，从不拖拖拉拉。

听说附近的村子要拆迁，好多果树都要被推倒，她们三个人借了一辆三轮车，王巧儿骑着车带着叶子和春燕儿，还有一个熟悉本村的老师一起去"捡树"。

那个老师之前就是这个村子的，她第一个发现了目标，绕过村子在一个水渠边儿上，有一排大拇指头粗的葡萄树，它们还没有长出一丝绿来，光秃秃的树干，不仔细看还以为是枯树枝儿。这些葡萄树大概有五六十棵，都被她们挖了回去，听说树枝插在土里也能活，她们还捡起地上的几截不知道什么树的断树枝扔到了车里。后来又找到了几棵杏树、石榴树，还有一棵歪脖桃树。

虽然这些果树带回去没有全部成活，但是绝大部分葡萄树还是被栽活了。天气渐渐暖和了，一棵棵葡萄树都长出了绿

芽，看着这点点新绿，她们仨开心不已。

刚开始叶子只是配班老师，后来由于工作调整，她又担任了班主任。她带的那个班总共有四十八个孩子，维吾尔族小朋友四十三个，回族小朋友一个，哈萨克族小朋友一个，外加三个汉族小朋友，男孩女孩各占一半，都差不多四五岁。

秋季入园时正是南疆最热的季节，偶尔有风，但风过之后似乎更热了，只觉得脸上火辣辣的，只想弄来两块冰，一块放在头顶，一块踩在脚下。所有的班主任都在院子里支起了桌子，开始了报名接待工作。大多数家长都是带着孩子来的，一来他们觉得孩子可以提前熟悉一下环境，二来也可以让孩子认识一下自己的老师，更重要的是孩子可以给家长做翻译。因为来的大多数都是孩子的爷爷奶奶，他们有的年纪大，沟通起来不大方便，还有少数家长不会说普通话，这时孩子就可以派上大用场。

叶子班报到的第一个孩子叫巴德尔，他牵着一位年轻女士的手，身穿一件蓝色的小衬衫，黑色的背带裤，还扎了一个红色的领结，一头蓬松的鬈发，雪白的皮肤，高鼻梁，一双深邃的眼睛，睫毛又长又密，看上去很是绅士。用句潮流的话说，他把帅气拿捏得死死的。

巴德尔轻轻地用手摇了摇身边的那位女士，叫了声姑姑，

说："这是大四班，我认得，你看桌子上贴了班级标识，那是大九班，我也认得。""我说的对吗老师？"他问叶子。"对，你很棒！""谢谢老师！"

随后他从姑姑的手提包里拿出了户口本、照片、医疗本等证件放到叶子面前，脆生生地说道："我要报名，我叫巴德尔，是爷爷给起的名，我还有个妹妹叫艾孜孜，今年也要上小班了，今天她感冒了没和我一起来，我们家有个爸爸，有个妈妈，还有个奶奶，这是姑姑，她不是我们家的，她不住我们家，但她今天来给我报名。"从头到尾他姑姑就没插上一句话，都是他在说，似乎他在说话方面很有天赋，而且他说着一口特别标准的普通话。

第二个报名的也是一个小男孩，是爷爷带他来的，爷爷年纪很大，耳朵有点背，叶子连喊带比画地总算让老人家听明白了，折腾了大半天总算是报上名了，整个过程下来她的嗓子都哑了，老人也累得够呛，都出汗了。叶子从口袋里摸出了一颗糖递给了老人。

孙子叫伊不拉伊木，叶子问他什么他都不言语，咬着下嘴唇站在离桌子不远不近的地方，一脸的不欢喜，大部分时间都低着头使劲抠指甲盖，时不时用眼睛左右扫视一遍，好像充满了警惕，做好了随时逃跑的准备。

后来伊不拉伊木的爷爷再也没来过。听其他家长说老人得了急症，连夜送到医院没有抢救过来，开学后都由爸爸来接送他。入园的头一天，他爸爸把三轮车往旁边一停，他就从车的一侧跳下来，动作很娴熟，想必爸爸是经常载着他的。他跟着爸爸走到了幼儿园门口，爸爸蹲下来帮他整理好了衣服，又抱了抱他，然后站起来指了指门口，示意他自己进去。他一步一回头地看着爸爸，眼看着前一只脚已经踏进幼儿园的大门，这时不知道怎么回事，他突然哭喊着从人群中横冲直撞地往马路对面跑，爸爸赶紧跟了过去。

隔着马路，叶子听不见父子俩的对话，只见男孩情绪激动，爸爸往前走一步，他就往后退一步，爸爸想跑过去抓住他，他转身就往马路中间跑，爸爸吓得赶紧退回去，就这样他们在马路对面一直僵持着，直到开始上课也不见他进来。

第二天，他爸爸又骑着三轮车来了，他把儿子从车上抱了下来，紧紧地攥着儿子的手，从上衣口袋里掏出一个煮熟的鸡蛋塞到儿子手里。

今天男孩只是哭没有跑，规规矩矩地进了幼儿园，叶子把他拉到身边，摸摸他的头，和他打招呼，他还是不吱声，一直眼巴巴地看着门外站着的爸爸，爸爸朝叶子做了个手势，意思是麻烦她多费心和孩子交流交流，叶子点头示意爸爸放心。爸

爸笑了一下，就走了。这下男孩可不干了，他猛地扔掉只咬了一口的鸡蛋放声大哭，边哭边冲到门口就要往外跑，门口保安见状连忙把开着的小门关上了。他看保安不让他出去，就抓住铁栏杆直接往上爬，叶子赶紧上前抱住他，费了好大力气才把他拉下来。眼看着爸爸的车子就要拐弯走远了，这下糟了，他气得浑身发抖，两只手使足了劲像鹰爪一样抠自己，从头到脸再到脖子抠出了十道血印子，立马就渗出了鲜血，所有人都不敢靠近，只要有人靠近，他就往铁门上撞头，接着继续抠自己。

叶子顾不上那么多了，从后面绕过去抱住了他，他拼命地踢她、打她、咬她，好几个老师轮番上阵都没有办法，她只好拨通了他爸爸的电话，让爸爸把孩子接了回去。

就这样来回折腾了一周，说实话那段时间看着三轮车叶子都心里发怵，她并不讨厌这个男孩，从报名那天起他就已经是大四班的一分子，可眼下她无计可施……

过了一段时间，有天早上叶子和往常一样站在门口接孩子入园，隔着墙外的绿化带，远远地就看见一对父子手牵手，有说有笑地朝这边走来。是伊不拉伊木，他终于肯来幼儿园了。

伊不拉伊木的爸爸是个很温和的男人，每次都和叶子笑着打招呼，对儿子也是很有耐心，没有打骂只有疼爱。伊不拉伊

木自己走了进来，冲爸爸笑了笑，也冲叶子笑了笑，然后站到叶子身边，主动向爸爸挥了挥手，还轻轻地抬了一下下巴，意思是告诉爸爸可以放心地走了，这个乖巧的样子完全与前段时间判若两人。

对于这个孩子的变化，叶子既感到意外，又在她的意料之中，不过她不想问他为什么，也许这就是常说的分离焦虑吧！她希望以后的每一天他都是阳光的、快乐的。她喜欢看着他笑，他笑起来很好看，灿烂的笑容足以温暖整个世界。

下午放学，伊不拉伊木的爸爸又骑着三轮车来了，后面的车斗里好像多了个女人，应该是伊不拉伊木的妈妈，可是看起来有些憔悴，身上好像裹了一条被子，她一直躺着，只是抬着头不时地向门口张望。

叶子把伊不拉伊木送到他爸爸手里，小男孩对叶子说："这是我妈妈，生病了动不了，只能躺在车子里，今天爸爸带她去医院做检查。回家之后我和爸爸会把妈妈从车斗里背下来放到床上。"

伊不拉伊木的爸爸摸着儿子的头说："医生要求你妈妈住院治疗，可你妈妈非说要见过你之后才肯去住院。"小男孩听了，温柔地亲了亲妈妈。车子缓缓地启动了，温和坚毅的父亲载着互相关爱的儿子和母亲，在欢声笑语中朝家的方向驶去……

　　还有一对双胞胎，姐姐稍微矮一点，妹妹偏胖一些，姐姐像极了洋娃娃，皮肤雪白，浓眉大眼，淡栗色的齐耳短发，不高不矮的鼻梁，不薄不厚的嘴唇，洁白整齐的牙齿，她的每一处都长得恰到好处。她的笑容像春天的花儿一样美丽，她的声音像银铃一般清脆，穿着紫色的裙子和维吾尔族姑娘特有的舞鞋，就像一个美丽的小公主。

　　妹妹很文静，还有些胆小，她也穿紫色的裙子，和姐姐一样的金色鞋子，她的头发稍比姐姐长一些，可以遮住耳朵。后来叶子才知道她的右耳朵有点畸形，但这丝毫不影响她的美丽，柳叶弯眉估计说的就是她的眉毛吧，长长的睫毛，一双会说话的眼睛，似笑非笑的小嘴。妹妹喜欢挨着姐姐坐，喜欢把手搭在她的胳膊上，很依恋姐姐。

　　这个班总共有五对双胞胎，其中女孩儿只有这一对，一对是龙凤胎，剩下的都是哥俩好。龙凤胎，大的是姐姐，小的是弟弟，姐姐长得很结实，个头班里最高，弟弟很瘦，个头最矮。

　　姐姐喜欢和男孩子玩，喜欢搬桌子扛凳子，打球打架都擅长，弟弟却不爱说话，喜欢安安静静地坐着，他的目光总是追随着姐姐到处疯。他很听姐姐的话，上学下学都是姐姐拉着他，他走在路肩上，姐姐走在路肩下面时刻保护着他。不管上

厕所还是喝水他都要给姐姐打招呼。

他俩似乎是反着长的，姐姐圆脸大眼睛，弟弟长脸小眼睛，姐姐一笑嘴巴可以塞进一个拳头，弟弟却是樱桃小嘴，但是他俩一样的聪明，大的擅长唱歌，小的喜欢跳舞。每次看到他们，叶子都会想起自己和弟弟叶青，她调皮的弟弟要是一直都在该多好啊。

其他的三对双胞胎都是哥哥和弟弟，他们每一对都长得一模一样，但性格各不相同。排合如拉和艾木如拉是这三对中最调皮的一对，一个坐不住喜欢满教室跑，一个是典型的话多，他俩喜欢挨着坐，但是每次只要坐到一起不超过三分钟准会打起来，弟弟挠哥哥的脸，哥哥对准弟弟的肚子就是一拳，这都是家常便饭，弟弟挨了打就要找叶子告状揭发哥哥的打人行为，委屈得眼泪都快掉下来了。相反哥哥不管是赢了还是输了，从来不告状，最多就是把自己的凳子移开，离弟弟远一些，然后朝弟弟做出愤怒的表情，以此来表达自己的抗议。

乃皮赛尔和乃皮赛米哥俩平日里互不理睬，只有爸爸妈妈来接送时才能看出来他们是一家，不过也有例外，那就是和别人发生冲突的时候，他俩一定是联合对外的。有天下午排队喝水时，艾木如拉不小心碰掉了乃皮赛尔的杯子，水全洒了，乃皮赛尔非要艾木如拉捡起自己的杯子，艾木如拉就是不捡。瞧

乃皮赛尔的火暴脾气，他上去就是一拳打到艾木如拉的牙关上，艾木如拉一抹嘴，见血啦！他也不干了，抡起拳头追着乃皮赛尔打，他就像头发怒的小野兽，乃皮赛尔知道自己惹上大事了，赶紧喊来了弟弟，他俩联合起来，反倒揍了艾木如拉一顿。一旁观战的排合如拉看见哥哥被人揍了，这还了得，二话不说冲上去一顿拳打脚踢，幸亏配班老师及时制止，这才算了。

买买提和艾买提小哥俩则因为长得太像，起初叶子总是记不住谁是哥哥谁是弟弟，他俩的名字在维吾尔族小朋友里面算是最常见的，也是最简单好记的。可他俩要是站到你面前一句话也不说，你就会彻底傻了眼，他俩还真就如同一个人，外表看起来一模一样。这哥俩知道叶子傻傻分不清，总喜欢故意逗她，当她叫到买买提时，艾买提就会站起来，他一声不吭的时候，叶子准会信以为真。有时候弟弟犯了错误会嫁祸给哥哥，俩人要是当面对质，谁都不说话死扛着拒不交代，最后叶子会被这两个小鬼给整蒙圈。后来，叶子发现一个秘密，买买提是典型的大嗓门，还有些小结巴，艾买提也算是大嗓门，但说话超流利。这下叶子总算分得清了。

说起来，班里还有一个叫侯磊的孩子和叶子还是老乡，两年前他和弟弟跟随着自己的父母来到这里。

报名那天是他妈妈带他来的，妈妈头戴橘红色遮阳帽，帽子的一侧装饰着几朵大大小小的五色花儿，落在脸颊上的一缕头发被汗水浸透了，打着弯儿，贴在了脸上，身材有些臃肿，抱着小儿子的时候显得格外的吃力。小儿子胸前还抱着一个奶瓶，妈妈每往前走一步，瓶中的奶就会有节奏地上下晃动，可能是奶嘴太大了，瓶里的奶有时会从奶嘴里溢出来，再溅到小儿子的脸上，他就时不时地拿另一只手抹一下左脸或右脸。

侯磊一只手死死地拽着妈妈的衣角，另一只手放到嘴边。他也不看着脚下，小眼睛好奇地东张西望。他长得周正，脑袋很大，耳朵也大，耳垂厚实，可以说是长得一脸福相，一笑眼睛眯成一条缝，很可爱的样子。

他有一句口头禅，不管高兴的时候还是不开心的时候，他都会说"我去"，就是老师表扬他，完了他也会说"我去"，例如，上完厕所他也会甩一句"我去"。

有一天，叶子问他"我去"代表什么意思。他很惊讶地看着叶子，愣了半天他才结结巴巴地说："没……没有什么意思啊！"

"以后能不说这句话吗？"叶子问他。

他说："我试试。"

"今天你又说啦，就刚才。"

"试了，控制不了……"

"我愿意给你时间。"

"答应你，我会努力的。""拉钩"，他伸出了小指头。

"拉钩。"

后来他真的很少说，即便是偶尔说了，他也会立刻用手把嘴巴捂上，然后偷偷地瞄叶子一眼，再后来他兑现了他的承诺，彻底甩掉了"我去"。

作为奖励，叶子特地送了他一个小书包，这是她专门为他挑选的，上面有金色的太阳，有可爱的小鸟，有绿色的草地，还有一个满脸幸福的奔跑的男孩……

除了侯磊，班里还有两个汉族孩子，刘丽辰报名当天没有来幼儿园，第一次见她是开学之后。那天早晨，一个七十多岁的老太太紧紧地跟在一个小女孩后面，还不时地赔着笑脸说着那些令女孩开心的事。

可是女孩似乎没有要搭理她的意思，高高的马尾左右来回晃着，小嘴噘着，鼻孔有节奏地一张一合，看样子她好像正在和老人生气。

走到幼儿园门口，老人上前想要拉她的手，她一下甩开了，头也不回地跑了进来。她对叶子倒是礼貌地挥了一下手说："Hi，老师早上好！"

叶子回应小女孩之后，下意识地回头看了一下门外的老

人，只见她一手抓着栏杆，一手撑着略显弯曲的腰，眼巴巴地瞅着这个女孩。叶子拉了拉小女孩的手，示意她向后看，小女孩回头看了一眼，迟疑了一会儿，又低下头去使劲撕拽自己的衣角。然后，她终于慢慢抬起了头向门外的老人挥了挥手，做了一个飞吻的动作，还比了一个爱心，老人高兴地笑了，几缕阳光穿过密密麻麻的桑树叶洒到了她的脸上，深深浅浅的皱纹沉淀了无数岁月的痕迹。老人也伸出了布满老茧、粗糙又干瘪的手，别别扭扭地做了个"比心"的动作，终于放心而又高兴地离开了。

后来，叶子才知道小女孩叫刘丽辰，那位老人是她的外婆，她父母在她还不到两岁时就离异了，她被判给了妈妈抚养，迫于生活压力，妈妈常年在南方打工，家里就这一个孩子，外公外婆对她百般宠爱，妈妈为了她还一直单身，生怕孩子受到半点委屈。她妈妈比其他家长更关心女儿在幼儿园的情况，经常给叶子打电话、发信息了解女儿的点点滴滴。

很快到了冬天，南疆的冬天比起北疆还算温和，但是也会冻手冻脚，每年大概这个时候离寒假也就不远了，孩子们似乎特别喜欢这个季节的太阳，一来到操场上他们都会踮着脚单挑有太阳洒下来的地方站着，眯着眼睛你推我搡，一手遮着扑面而来的阳光，一手肆意地张开，似乎想狠狠地抓一把暖阳撒到

自个儿身上。

　　叶子经常会被孩子们的这种天真烂漫所吸引。突然手机响了，是刘雨辰妈妈打过来的。她接通了电话，电话那头传来了爽朗的笑声，刘雨辰妈妈说："工厂已经放假了，我回来了，今年我们厂子生产不景气，之前还进行了大裁员，不到年关就早早放工人们回去了。"

　　刘雨辰妈妈约叶子周六到家里做客，叶子又约刘雨辰妈妈周五来参加幼儿园的家长开放日，到时候不仅可以看看她女儿的新幼儿园，还可以更加深入地了解孩子在园的一日生活，促进家园共育，最后两人约好幼儿园见。

　　周五这天，是她们幼儿园的家长开放日，原定时间是下午四点，可三点半左右家长就已经到齐了。在这之前她们班来的差不多都是些老人，这次来的三分之二以上都是80后、90后的年轻爸爸妈妈，看得出来他们都是第一次来。

　　这次的开放主题主要有两个，一是让家长参观一下新幼儿园的学习环境，二是亲子活动。由于年轻家长的积极参与，这次活动开展得很成功，幼儿园也赢得了家长的称赞和肯定。

　　活动结束后，有位三十多岁的妈妈亲切地一把拉住了叶子，她一开口说话叶子就知道是刘丽辰妈妈，这个声音太熟悉了，不用多想就是她。等送走了所有的家长之后，她俩有了第

一次面对面的交流，当然所有的话题都是关于孩子的，她还向叶子讲起了自己初到广东打工的情景。

那是二〇一六年底，和老公离婚不到三个月，她被迫将女儿丢给了父母，拉着少了一个轮子的行李箱，抹着眼泪，趁着夜色出了门，这一走就是两年，中间也没有回过家，想孩子了就打电话，完了就要大醉一场或大哭一场。

不知多少次她都想放弃，但她始终记得当年离开家时自己发的誓言——活不出个人样来就永远别回来。就这样，她终于活成了自己想要的样子，在工厂里当起了班长，手底下管着十几条流水线和几百号工人。

当初刚到南方时，她心里一团乱麻，从来没有出过远门的她，眼前的路是黑的，不知道何去何从，漫无目的地走在大街上，受过骗，睡过火车站。

有一次，她走到有很多男男女女聚集的地方，听见有人大声地叫着几个人的名字，然后被叫到的人就会立马从人堆里钻出来排成一列，那个负责叫名字的人就会给他们发一样东西，后来她才看清楚那是那几人的身份证。就这样之前熙熙攘攘的人群，一列一列都被叫走了，只剩下八九个中年模样的男人，那个叫名字的人冷冷地朝他们喊了一嗓子："考虑好了吗？"那几个男人没说话，都从口袋里掏出了身份证交给了他，然后自

行排成了一列，叫名字的那个胖男人，极不耐烦地扫了一眼呆若木鸡的她，她只记得当时很饿，只想有口吃的。那个胖男人把手往她面前一伸，她立马明白这是要她的身份证，她管不了那么多了，从裤兜里摸出了身份证战战兢兢地交给了他，随后胖男人又伸出了一根手指头，指了一下那几个男人的身后，她也明白这是让她站到队伍的后面。

就这样她跟着人群一起被分批带进了像学校一样的地方进行培训，分别进行了面试、考试、体检、培训、进厂，最后被分到了流水线作业。

这些人里面有的没有通过面试环节，他们离开的时候很沮丧，她心里暗自高兴没有被淘汰。大概一个月过去了，她才知道叫名字的那个男人是所谓的中介。他们常年干这个，这个城市的某条街都挂满了中介的牌子，如阿力中介、大王中介、牛三儿中介……这里的所有人都是他们介绍并带进来的。

"在这个厂里一干就是好几年，这些年和女儿总是聚少离多，孩子的生活学习都丢给了外公外婆，老人家心疼孩子，格外宠爱，凡事都由着孩子的性子来，孩子不可避免地养成了一些坏毛病，有时候就爱耍小脾气。"刘雨辰妈妈无奈地对叶子说。叶子立即想起了开学那天的情形，她想了想说道："其实你女儿是个好孩子，她可能也是想你多陪陪她。"听了这话，刘

雨辰妈妈眉头舒展开了，她告诉叶子，她正想把手头的工作先放一放，以后尽量会抽出空来多陪陪女儿，她发现女儿其实是个懂事、善良的好孩子，可这些年她却没有发现女儿的这些优点，总是以成人的口吻责怪她不听话，每次都会说"妈妈累死累活都是为了你"之类的话，想来肯定也挺让女儿难过的，以后一定不会这样了。

与刘雨辰妈妈告别之后，叶子沿着操场酣畅淋漓地跑了好几圈，然后躺到草坪上仰望着天空，想哭想笑又想大喊大叫，其实她只是为刘雨辰感到高兴，她仿佛看到了一个可爱的女孩，右手有妈妈，左手有外婆，后面还有个高大魁梧的外公，他们一起吃饭，一起逛街，一起愉快地玩耍，小女孩笑得特别开心……

叶子班里可爱的小孩还有很多，比如夏思，土生土长的新疆女娃儿，黝黑黝黑的皮肤，她的那种黑，好像是从土里长出来的，眼珠子更黑，像两颗会说话的宝石，她的牙齿很白，笑声充满魔性，只要她放声一笑，几乎就没其他孩子什么事了。

幼儿园有两个很有意思的地方，一个是，一个班，尤其是小班，只要一个孩子哭，周围总会有几个孩子莫名其妙地跟着一起哭，就是干嚎也能哭出几分伤心来；另一个是，幼儿园的孩子普遍笑点低，简简单单一个动作、一个表情、一句话都会

引来他们的开怀大笑，最后还能笑得花样百出。

可是在叶子班，只要夏思笑，其他人就顾不上笑了，只看见孩子们的小脑袋齐刷刷地往夏思的方向偏，然后一个个呆呆地看着她笑，这孩子笑得太投入、太有趣了，叶子也忍不住想，她一定有个很幸福的家庭，生活一定很有趣。

她班里唯一的哈萨克族小姑娘叫阿不都艾孜孜，她爸爸叫海力力，连起来叫阿不都艾孜孜·海力力，平时叶子喜欢叫她艾孜孜。她高鼻梁、大眼睛、单眼皮，颧骨稍稍突起，身穿艾德莱丝绸长裙，简直就是从画里走出的精灵。

她好像从娘胎里就学会了跳舞，连说话都眉飞色舞，她妈妈还给她报了舞蹈班，什么古典舞、现代舞、民族舞和肚皮舞，她都跳得很出彩。

除了跳舞，她还会弹独塔尔，这是一种新疆的民族乐器，这里的人们也叫它"都塔尔"或"都他尔"，用桑木制成，音箱背面用薄木结合成瓢状，平江板作面板，柄与音响背面镶着骨饰花纹，分为大小两种。

每当幼儿园有什么活动，艾孜孜总会抱着她心爱的小型独塔尔，代表大四班去表演，她弹出的琴声浑厚悠扬，甚至还有些小俏皮。这孩子很有舞台范儿，喜欢用眼神向观众要掌声和欢呼声，她是幼儿园的明星，更是大四班的骄傲。

开学第一天，小朋友们争先恐后地上台做了自我介绍，大家还唱了歌跳了舞，食堂的叔叔阿姨还给他们做了蛋糕，准备了水果。

孩子们对新环境似乎很满意，他们一会儿摸摸洁白而光滑的墙面，一会儿抬头看看彩色的卡通窗帘，地面也是卡通的，他们好像来到了大商场，看见自己喜欢的东西，总想停下来，仔细地欣赏个够。

阿布都，一个特别爱说话的男孩，他看着这个宽敞漂亮的教室，自言自语道："哇塞，这里跟宫殿一样美，我喜欢。"

据叶子所知，他所说的宫殿是指《西游记》里孙悟空的水帘洞，他就爱说这句话。比如看到艾比布拉的衣服很漂亮，别克阿依的马尾很洋气，他都会说："哇塞！跟宫殿一样美，我喜欢。"在他看来所有美好的事物都可以用这句话来形容。

幼儿园的教室和教室也不一样，有的是长方形的，有的稍呈扇形，从中间划开，前面是教室，后面是寝室，大四班的教室是扇形的，有前后两道门，孩子们一般从前门进出，只有午休的时候他们才从后门出去脱掉自己的鞋子放到走廊的鞋柜里，然后从后门返回到寝室。

教室南北通透，冬天阳光正好，夏天凉风从窗缝里挤进来，带着阵阵花香，直扑孩子们的心田。

　　桌子是新的，椅子是新的，床和被褥也是新的，教室的一切都是新的。叶子和孩子们商量着如何布置一下教室的环境，要说他们的想象力真是太丰富了，每个人都能拿出一套方案来。苏麦耶说："我想让教室变成海洋世界，有鱼有虾，还有水草和大螃蟹。"阿布都反驳道："海底世界不好，我想让它变成美丽的大花坛，有花有树，还有小鸟和蝴蝶。"

　　依木然说："我想把自己的照片和小白的照片挂在教室里，这样我就一直能和它在一起了。"小白是他家的宠物狗，全身雪白，没有一根杂毛，比其他人家的狗似乎小了一圈，矮矮的个头，一看见它的小主人走来，它就像个小雪球一样从老远的地方滚过来，一直滚到他的脚下，然后两腿一伸躺到地上就开始撒娇，每次他都会蹲下来亲它、逗它，把它扛在肩上又放下，他故意跑，它准会拼了命地追。他爱它胜过了爱自己，口袋里装了一天的火腿肠，放到嘴边犹豫了半天，又拿了下来，最终还是给了小白。爷爷奶奶给的零花钱，自己总是舍不得买一个奥特曼玩具，尽管他无数次地经过了那家玩具店，但又无数次地收住了脚，退了回去，最后咬着牙转过头匆匆跑进了隔壁商店，给小白买了一大包美食。

　　伊尔江兴奋地说："我想让小猪佩奇，还有它的弟弟乔治来咱们教室，把它们贴到墙上，还有它的自行车也要贴到墙上，

因为我的卧室里就有佩奇和弟弟。"

扎伊尔问她:"能不能把熊大熊二也贴墙上,不要光头强。"

达吾提说:"爷爷养了小兔子,我带两只来,它们还会用两只脚站起来,吃胡萝卜贼快。"

最后按照孩子们的意思,靠近寝室的墙面,他们一起拿彩色纸剪出了小兔子、花草和树木,还设计了小房子,然后把这些组合成了两幅图,左边的一幅是小兔子打着哈欠伸手去关窗户,右边一幅是小兔子伸着懒腰打开窗户,头顶还有飞来飞去的蜜蜂和蝴蝶。中间位置画上了佩奇和乔治,它们骑着车子在玩耍。靠近厕所的柱子上,刚好画上了海底世界。前门刚进来的一侧是孩子们的生活照片,有一部分是叶子拍的,还有一部分是爸爸妈妈给他们拍的,反正都是最好看的那张。依木然抱着他的小白盘腿坐在草坪上,两手握着它的两条前腿,好像在跟大家打招呼,叶子之前见过小白一两回,她始终认为它是条会笑的狗。

孩子们在自己的床头上贴上了各自的照片,心灵手巧的配班老师在每个孩子被褥上绣上了他们的名字,线是彩色的,绣出的名字也是五颜六色的,就连喝水的杯子上也有他们的照片和名字,保育老师给他们的毛巾编好了数字,一到四十八,他们都能记得自己的号码。

　　他们还制定了班级公约，如：饭前一定要洗手，然后轻轻地唱诗歌"锄禾日当午"，还要对保育老师说声谢谢，然后再动勺儿；吃饭时要保持安静，不得大声讲话；上课时要认真，回答问题要举手，不下座位、不聊天；排队时不推不闹不拥挤；玩玩具时不乱丢，互相分享，要做好朋友；收玩具时大家一起来动手，快快来整理；午休时闭上眼睛静悄悄，听着音乐入睡身体好。

　　教室被打扮得美美的，叶子让孩子们再想想要不要换一个更有意思点的班名儿，例如：果一班、糖二班、洋三班……最后大家一致认为还是大四班最为亲切，他们喜欢，她也觉得不错。"那就设计一个漂亮的班牌挂上去吧！"米奇大声说。孩子们异口同声地说："好，挂上去。"

　　说干就干，叶子找来了一块事先准备好的木板，拿出了二十四色绘画颜料，在木板的两面刷上白色的颜料，等干透了又让每个人手指上都蘸上了自己喜欢的颜色摁在了木板上，只空出了三个字的地方，叶子把这些小手指印勾勒成一朵一朵的太阳花，然后用毛笔蘸上颜料写上"大四班"，再把它小心翼翼地挂起来，最后她和孩子们在教室门口拍了一张合影。就这样大四班算是"成立"了，再后来她便称它为家，称呼孩子们为老大、老二、老三……

有一天，孩子们刚刚吃完早餐，叶子正在给热西提解他那打了死结的绳扣。艾买尔急匆匆地跑了过来，他拍了拍叶子的肩膀说："老师，外面有人找你。"

叶子抬头看见走廊里站了一个四十多岁的妇女，旁边蹲着一个小女孩，她们好像是一对母女，妇女神情有些焦急，不停地向教室里张望，她没看见叶子，因为叶子单腿跪在地上的时候和热西提是一般高的。

绳扣终于解开了，叶子摸摸热西提的小脑袋让他回到座位上，她起身往教室外面走。

妇女赶紧用力拉蹲在地上的女孩，女孩两只手撑在地上试图站起来，走廊的地是干的，没有一滴水，可女孩的脚下一直在打滑，两腿不停地打颤，额头上的青筋暴起，嘴巴上也鼓足了劲，只听见牙齿咯吱作响，喉咙里还发出了嘶嘶的声音。最终她还是没能站起来，她妈妈想伸手把她从后面抱起来，可能是刚才太过于使劲，只见小女孩一下子像个棉花包一样瘫坐到地上。

看见叶子走了过来，她妈妈也不再拉她，只是站在她的身后，两条腿紧紧地贴着她的背，好让她靠得舒服一些。女孩的妈妈显得很窘迫，好像全身不自在，两只手放到哪儿都不合适，挠头也不是，放进兜里也不是，只好不知所措地用手来回

搓着裤缝。最后，她嘴角挤出一丝尴尬的笑，指了指靠在腿上的女孩儿说："这是我的小女儿，刚刚转学到这里。"她的普通话很不标准，但是叶子勉强能听懂她的意思。

她顺手从兜里掏出一张皱巴巴的纸条给叶子看，上面有园长的签字，还写着"古丽苏木阿依·买买江请到大四班报到，班主任叶子"。

叶子立刻明白了，这孩子是分到她们班的新成员，这时候，女孩被她妈妈扶着站了起来，叶子这才看清楚，女孩的一条腿使不上一点劲儿，走路时会控制不住地晃动全身，她的右脚只能脚尖着地，根本踏不平，右手关节似乎也伸不直，手指也会不听使唤地乱动。女孩儿的眼睛总是朝上看，尤其是说话的时候，眼珠子会快速地来回乱转，这样走起路来很容易摔跤。但她很漂亮，有一种混血女孩的美丽。高高的鼻梁，深深的眼窝，长而密的睫毛忽闪忽闪的，她的笑容甜美，还有两个浅浅的酒窝，可能是为了好打理，她留了一寸短小平头，前额还有一个俏皮的旋儿，翘起一撮头发来。

叶子第一次遇到这种情况，一时呆呆地竟不知如何处理，幸好这时园长来了，园长笑眯眯地低下头看了看小女孩，同时弯下腰来，双手捧起小女孩的脸，在她的额头上轻轻地吻了一下，拉起女孩的手走到叶子跟前，园长将小女孩的手放到她手

里，没说话，只是向她点头示意，从园长的眼神里叶子看到了坚定与慈爱。叶子立马清醒过来，意识到自己应该怎么做。

还没等她开口说话，倒是小女孩先打破了这种难为情的场面，她眨巴眨巴眼睛，很期待地问妈妈："老师答应要我了吗？"

她妈妈还是很窘迫，只要一说话，双手总会不知道放哪儿，她没有接女儿的话，只是可怜巴巴地盯着叶子看，那个眼神，叶子一辈子也不会忘记，充满了急切、哀求和无助，还有得到肯定答案后的狂喜、希望和眼泪。

可怜天下父母心，叶子强忍住了泪水，小心翼翼地取下了门头的班牌，让女孩选一种自己喜欢的颜色，把她的小指印也留在了上面。

女孩挑了半天，用大拇指沾上了天空蓝，在班牌的正中央摁了下去，叶子告诉她明天就可以来上学了。

后来，在教室的墙上也有了女孩儿的生活照，照片上有四个女孩，十七岁的大姐，十岁的二姐，还有一个比她稍小的妹妹，她们站成一排，后面还有个拄着拐杖的老爷爷，爸爸妈妈站在中间，周围是一片绿色的草坪，每个人的脸上都洋溢着幸福的笑容。大姐和她长得最不像，总的来说她像妈妈，姐姐像爸爸，不知道什么原因，姐姐两年前就辍了学，每天上下学都来接送妹妹。

从照片上看，女孩的爸爸很帅气，虽然皮肤黝黑，但五官俊朗，还有一头漂亮的自来卷儿，印花衬衫束在腰间，喇叭形的阔腿牛仔裤，棕色的尖头皮鞋擦得锃亮，一只手插在腰间，一双忧郁而深邃的眼睛，第一眼看上去，你准觉得他很像当年唱《冬天里的一把火》的费翔，从表情到站姿再到打扮都充满了时代感。

叶子对这位爸爸很是感兴趣，一是因为他的确长得很像费翔，费翔是她母亲活着时候的偶像，因为母亲喜欢他，所以她也爱屋及屋地喜欢他。二是叶子想多了解一下古丽苏木阿依·买买江的情况。

她妈妈只有刮风下雨的时候才来接她，剩下的时候都是姐姐接送，爷爷拄着拐杖倒是来过一两回，爸爸却从来没有来过幼儿园。叶子问过古丽苏木阿依，但是她说话不大清楚，总是几个字、几个字地蹦，没有连贯的句子，吐字也不大清晰，也就不了了之了。

说来也巧，前些日子，幼儿园进了一批材料柜，实木的，质地很好，大四班在三楼，叶子想让几个家长帮忙搬下柜子，就在家长群里说了这个事儿，希望第二天早上来几个年轻的爸爸，估计七八个人一趟就能搬上去。

傍晚时分，叶子的手机响了，拿起来一看是陌生号码，她

便挂断了，这种陌生电话要么是推销，要么是诈骗，她可不想白白浪费时间，便不去理会。

可紧接着电话又响了，这次她调了静音模式。她想这样的电话一般至少得打三次，她确定手机还会再响一遍，她都想好了词儿，等再打过来，就准备骂回去……不出所料手机又响了，接通电话，还没等她开口，电话那头传来了一个非常有磁性的声音。"大厅的材料柜嘛总共嘛六个，四个嘛小的两个嘛大的，我已经嘛搬到大四班嘛门口，不知道嘛怎么摆放，我是买买江·吐拉克，古丽苏木阿依的嘛达达，老师嘛你好，再见！"他一口气说完便挂了电话，放下手机，她捋了好半天，才整理明白。

他说话很有特点，每一句必须加"嘛"，跟早期春晚演小品的陈佩斯吆喝着卖羊肉串的腔调一模一样，很是幽默。达达在维吾尔族语言里是指爸爸或父亲，就像我们叫爸爸、爹爹和父亲是一样的。维吾尔族小朋友称妈妈为阿娜，称伯伯、叔叔、舅舅为塔哈，称弟弟为吾抗，妹妹为生额力。对于外人，凡比自己年长的均称为哥哥或姐姐，凡比自己年轻的都称为弟弟或妹妹，一般对别人都亲切地称为"时孜"（您）而不称"散"（你），称"散"是青年朋友间随便的称呼。

第二天早上，叶子看见教室门口站着一个身材高大、仿佛

从照片里走出来的男人，他双手背在身后，正在欣赏走廊里的各种装饰，他衣着整洁，步履轻盈，风度翩翩，习惯性地朝一边甩了甩头发，帅气地伸手往上一撩，在对面的玻璃窗上摆出一个很帅的造型来。

叶子掏出钥匙打开教室门，他似乎被吓了一大跳，赶快规规矩矩地站好，像个羞涩的姑娘红着脸，手足无措地挠了挠前额的头发卷儿，叶子对他点头微笑，他和她握手问好。

他指了指门口的材料柜说："昨天晚上嘛全部的嘛背上来了，就是嘛没摆好，您看嘛怎么的嘛摆放，我来搬。"看他那么热情，叶子不好推辞，就让他一次性摆好，免得以后搬来搬去。

只见他脱下外套，从口袋里掏出了白线手套戴在手上，三下五除二就把柜子摆放到位了。他拍了拍手上的灰尘，笑着问她："还有的嘛其他活儿吗？今天嘛我有的嘛时间。"

本来不想再麻烦他了，可既然他都这么说啦，叶子索性就把前些日子园长的提议说给了他。

眼看着春天马上要到了，花园里还是光秃秃的，园长便建议大家动员家长的力量，让家里养了牲畜的给幼儿园拉些粪肥来。幼儿园第一年尝试种花，为了让土壤更加有营养和花的成活率高一点，老师们着实想了好多的办法，最后还是园长提出

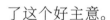

了这个好主意。

叶子也是抱着试一试的想法跟他说，他听到她说要羊粪，先是一愣，然后一个劲地抿着嘴笑。"没问题，羊粪嘛，家里嘛太多的有，现在就可以拉过来。"他爽快地答应了。

大概过了一两个小时，叶子就听到院子里人声嘈杂，好多三轮车的喇叭声不停地喊着：请注意、倒车，请注意、倒车。她赶紧打开了窗户往楼下看，只见从东门开进来的三轮车排成了长队，打头的正是古丽苏木阿依的爸爸，所有的车辆全部听他指挥。

这些三轮车在幼儿园工作人员带领下开到花园里，等倒好了方向车斗往上一翻，哗啦啦！鸡粪、羊粪和牛粪顷刻间都卸到了花园里。

更壮观的还在后面，她以为车子卸完就完事了。没想到他们把车子往边上一停，每辆车子上都下来两个人，手里各拿一把铁锹走到一个个粪堆前几下子就把小山一样的粪肥均匀地散开了。

紧接着几个妇女又从车子里拿出了扫把仔仔细细地清扫了现场。然后他们发动了车子扬长而去。她站在窗户边儿看得目瞪口呆，真正地见识了什么才是真正的"速度与激情"。

有了肥料再浇上水，老师们种下了玫瑰花、荷兰菊、格桑

花和向日葵，还有好多叫不上名字的花儿，等到了花开时节肯定会很美。

后来叶子又在巴扎上遇见了古丽苏木阿依的爸爸，周六周天的巴扎特别热闹，正巧碰上古丽苏木阿依的爸爸用三轮车拉着青菜来赶集，说是家里面种的吃不完，干脆卖掉一点，还能赚个零花钱。

那天天气很好，他们也聊了好多，他说古丽苏木阿依出生的时候赶上她妈妈难产，长时间的缺氧最终导致了脑瘫。孩子到了两三岁还不会说话，四岁多一点才可以扶着妈妈摇摇晃晃地坐起来。

前些年他们两口子变卖了家里唯一的两头牛带着孩子去过本地的几家医院，都得出同样的结论——需要长时间专业的康复训练。

就这点钱哪经得住折腾，没多久所有的积蓄都被花光了，无奈之下他们只好将孩子带回了家。他和妻子为了这孩子不知道哭过多少回，眼泪都快流干了。

他曾经一次次地发誓，等自己挣够了钱一定要治好女儿的病。于是，他开上了大货车，专门跑长途。

两年之后他是赚到了不少钱，可当他带着老婆孩子去了全国最好的儿童医院时，医生检查的结果是——痉挛型脑瘫并且孩子已经错过了最佳治疗期。患这种疾病的孩子，他们的身体一侧会受到影响，患侧手臂和腿会更短更瘦，可能导致患儿用脚尖行走。患儿也会出现脊柱弯曲、癫痫发作和语言障碍，也可能出现痉挛性偏瘫。也就是说，女儿没有可治愈的希望了，以后也就这样了。

其实女孩的病情远比这个更糟糕，她经常癫痫发作，有时候一周发作两三次，想起孩子倒在地上浑身抽搐、口吐白沫的痛苦样子，叶子总会心疼地掉眼泪，如果这种病痛可以转移或分摊，她愿意全部替她承担。"小胡杨"这名儿是叶子给古丽苏木阿依起的，叶子觉得她就像胡杨树一样坚强和美丽。

自从班级牌上添了小胡杨的太阳花，她就正式成了大四班的一员。班里的其他孩子对她也很友好，布威尔耶姆是女孩里面最娇气的一个，有时候小朋友玩耍时不小心轻轻碰她一下，她就会梨花带雨地去找叶子哭诉。约麦尔江不爱搭理她，她也会哭得一把鼻涕一把泪。那天点名时叶子的声音大了点，她也会委屈地瘪着小嘴半天不说话。但是她又是个热心肠，尤其是对着小胡杨时，她简直变成了个小大人。

每天早上她一进幼儿园就要找小胡杨，上楼梯时她总是和叶子一起搀扶着小胡杨，不停地提醒小胡杨要小心台阶，要慢一点，再慢一点。

木拉提，小豁牙，平时最爱揪女孩的小辫子，一会儿欺负一下这个一会儿逗逗那个。但是对小胡杨却爱护有加，他经常在午休时帮她脱鞋，等起床了之后又耐心地给她穿好。

小胡杨不能像其他孩子那样蹲到地上穿鞋，每次都是一屁股坐到地上，仅靠着一只手，使劲往脚上硬套，最后弄得满头大汗还是穿不上。妈妈为了让她穿着方便，在每双鞋的后面都缝上了一根粗布绳儿。

每次起床之后，木拉提总会给她穿得板板正正，然后将绳子在脚面上打上漂亮的结，最后把她从地上扶起来送到座位上。此时此刻的他，简直就是一个风度翩翩的绅士。

汗·克里木，外表帅气阳光，不管见到哪个大人小孩都非常有礼貌，对小胡杨更是客客气气的，每天早上来幼儿园，他先是和所有孩子问好，再走到小胡杨跟前特地给她说声"早上好"。小胡杨似乎很享受这种特殊的待遇。瞧！她乐得像朵花一样。

就连最喜欢捉弄别人的小捣蛋别克山也对小胡杨"手下留情"。别克山有一头金色的头发，粉嘟嘟的脸蛋，一双大眼睛四处滴溜溜转，好像随时随地都在"憋着坏"，一抬腿绊倒了这个小男孩，一伸手拉掉了那个小女孩头上的橡皮筋，这样的事件一天最多能发生十几起。不过，别克山从来不捉弄小胡杨，倒像个小勇士似的保护着她。

阿丽亚性格外向，一高兴就喜欢抱着旁边的小朋友亲一口。偏偏她就喜欢挨着小胡杨坐，只要一激动就抱着小胡杨在她的脸上亲一下，有时候连着亲好几回，小胡杨常常来不及反抗就被亲得一脸口水，老师们看了都忍俊不禁。

小胡杨是最晚一个来大四班报到的，她性格开朗、聪明伶俐，很快就融入了这个大家庭，但她刚入园的前两周可让叶子头疼不已，因为她太容易发生"事故"了。

第一天上幼儿园，她爸爸妈妈起了个大早给她精心准备了水果早餐，到了班里又吃了早点——牛奶和面包，再到午饭时她吃了一碗多手抓饭，院子里散完步孩子们都去睡觉了。大家刚刚睡踏实，小胡杨就开始闹肚子了，叶子在寝室巡查时就听见她的肚子咕咕叫。

叶子轻轻地摇了摇她的胳膊问她要不要上厕所，她摆了摆手说："不去。"叶子不放心，继续站在她床前看着她入睡，不一会儿她就从床上翻起来了，大喊一声"厕所"。

其他孩子也被吓醒了，一个个从被窝里探出了小脑瓜，有些孩子睡眼蒙眬地扫视一圈周围又接着进入了梦乡，有的孩子睡意全无叽叽喳喳地打开了话匣子。

叶子扶起小胡杨赶快往厕所跑，可还没跑到门口，就听见

小胡杨着急地叫了声"老师"，就站住不走了，叶子低头一看，原来小胡杨已经憋不住了，臭味瞬间弥漫开来，叶子本能地撒开手，捂着鼻子往后躲。这一撒手坏事了，小胡杨脚下打滑，摔了个脚朝天，她的脸上、手上、胸膛和后背上都弄脏了。

已经睡着的孩子还在继续做着自己的梦，被吵醒了的孩子有的坐在自己的床上伸长了脖子往这边看，靠近窗户那一排孩子站在床上踮着脚，有的孩子甚至跑到了厕所门口来看热闹。

他们一手捏着鼻子，一手不停地在眼前扇着，嘴里面嘟囔着："真臭啊！"伊美尔干脆脱下上衣套在头上，眯着小眼儿从衣缝里目不转睛地望着小胡杨。

坐在地上的小胡杨像只受了惊吓的小麋鹿一样不知所措，看见站在一边的叶子，小胡杨的眼睛突然有了一丝光亮，那种祈求的神情犹如抓到了一根救命稻草。

叶子的脸好像被鞋底子狠狠地抽过似的一阵滚烫，看着眼前这个可怜的孩子，她心里愧疚极了。她连忙上前遣散了围观的孩子，搀扶起小胡杨把她带到了洗澡间，幼儿园里 24 小时都有热水，洗澡很方便。叶子帮小胡杨脱下了脏衣服，帮她洗了澡。第一天上学，她还没有带来换洗的衣服，其他女孩的衣服都显小，男孩子的衣服她不肯穿。叶子找来了自己刚刚从网上买的一套短衣服，裤子是七分的，上衣是最小号的，她穿正合适。

小胡杨若有所思地低着头，用手摸着自己湿漉漉的头发一声不吭，叶子也像个犯了错的孩子一样不敢大喘气，小心翼翼地挨着小胡杨坐下来，忍不住伸手擦了一下她脸上的水珠儿。

小胡杨先是嘴巴瘪着，然后哇的一声扑到了叶子怀里失声痛哭，叶子的心里也很难过，暗下决心下次一定不能再表现得这么糟糕了。

第二天下午放学时，小胡杨又从楼梯上滚下来，事情的经过是这样的：叶子和布威尔耶姆左右拉着她走在队伍的最后边，其他孩子跟着配班老师走在前面。

她们后面跟着大二班的孩子，他们班也是两个老师，一前一后负责孩子们下楼梯，突然后面的一个小孩子扔下了一架纸飞机，正好落到了小胡杨的脚面上，小胡杨一时好奇，弯下腰去捡它，就听见扑通一声，都来不及反应，小胡杨已经从楼梯上摔下去了。

小胡杨躺在地上直叫唤，吓得布威尔耶姆抱着叶子一个劲地哭。小胡杨流了一大摊鼻血，鼻梁上的皮也被蹭掉了。叶子赶快把她送到了校医室帮她清理伤口，大概过了两三分钟估计伤口不大疼了，她举起了手里的纸飞机使劲扔了出去。"飞机飞起来了"，小胡杨高兴地拍手大叫，她的左手也蹭破了皮，鼻梁

上横着贴了创可贴，笑的时候创可贴就在鼻梁上不停地跳舞。

当天是小胡杨的妈妈来接她，看着女儿受伤的样子，先是一惊，接着仔细地检查小胡杨身体的各个部位，确定没有大碍后心疼地把她揽入怀中，抚摸着她的头，亲吻着她的脸颊，眼里泛着泪光。小胡杨眨巴着眼睛怯生生地看着妈妈，或许她还不能理解妈妈为什么难过，只是用小手轻轻摸着妈妈的脸。

叶子正要开口说什么，小胡杨妈妈转过头来先说了声："对不起！让您费心啦！都怪孩子太淘气了。"叶子松了口气，原本还生怕小胡杨妈妈责怪自己，这么一来自己心里更内疚了。幸好接下来的两天，小胡杨除了尿过一回裤子之外还算消停。

小胡杨喜欢一个人玩橡皮泥，有时候大家还在上课，她会偷偷地溜到后面的手工区自己玩起来。她特别的聪明，开溜的时候总是趁叶子不注意时往后一点儿一点儿地移，有时候叶子故意转过身瞅她，她又假模假式儿地站那儿不动了，一本正经地看着叶子。等叶子再一回头时，她已经跪在地上爬到了手工区，就像个偷吃东西的小猫咪，可爱又调皮。

第五天，小胡杨又摔倒了，磕破了脑袋。幼儿园里的厕所是蹲坑式的，感应器出水，按理说很安全卫生。但是对于小胡杨来说还是不行，就算两边有人搀扶着，她也蹲不住，她妈妈只好找木匠按她的身高做了一把便椅送过来。

它和普通椅子差不多，大概四十厘米高，椅面上铺了厚厚的棉花垫子，这垫子是她妈妈用新棉花亲手做的，很暖和，垫子中间凿了个大洞出来，刚好可以坐上去。

椅子后面还有靠背和扶手，方便她扶着站起来，四条腿很结实，放到蹲便池上刚刚好，不用的时候可以折叠起来放到一边。

每次上厕所，叶子都事先将椅子放妥当了，再扶小胡杨进去。这回上完厕所她非闹着要自己收椅子，木头做的椅子轻便好使，但每次用完都要使劲才能把它叠起来，等下次用时再费力地撑开。小胡杨就想自己试试，那就让她自己摆弄一下吧，配班老师还在一边搀扶着她，没想到她还是一脚踩空了，连人带椅子从厕所的台阶上翻下来。她的头一下撞到了椅子上，磕出血来。鲜红的血顺着一缕头发，经过前额一直流到了嘴边，她张开嘴巴开始哇哇大哭，还好只是皮外伤，校医给她上了药，不一会儿就止血了，不过头上又多了横竖两道创可贴。

要说以上这些都不算什么大事儿，第二周发生的一件事使叶子至今还惊魂未定。那天刚好是加布郎小朋友的生日，前一天晚上配班老师就在"布蕾可拉"订好了生日蛋糕，服务员小姐姐答应一早就送过来。

当天早上十点左右的样子，就听见有人敲门，古丽米热兴

奋地站起来指着门口说："老师，好漂亮的蛋糕！快开门呀！"果然是昨天的小姐姐，她右手提着蛋糕，左手和窗户里的孩子打招呼。

蛋糕一拿进来，孩子们的小脑袋就都凑了上来，看着装在透明盒子里的两层水果蛋糕，孩子们都兴奋极了。

小姐姐告诉叶子："你们孩子多，老板特意又给加送了两个小蛋糕、几根蜡烛、小纸盘和刀叉。"小寿星早等不及了，叶子取出了蛋糕，插上蜡烛，打开音乐盒，拉上窗帘，大家一起唱起生日歌来。

加布郎带着金色的皇冠，双手合十放在胸前认真地许了愿，然后一口气吹灭了所有蜡烛，窗帘拉开了，大家高兴地拍手欢呼。接下来就是吃蛋糕了，孩子们围坐成一个圆圈，等着配班老师给大家一块一块地切了分。

小胡杨就挨着叶子坐，她静静地等着自己的那块蛋糕。突然她一下栽倒在地上，只见她的头拼命地往后仰，身体僵硬地直挺着抽搐，牙关紧咬，嘴边出现白沫。

叶子哪儿见过这阵势，只觉得脑子一片空白，慌忙跑过去拉她的胳膊，试图抱她起来，可是她的身体僵硬得像块铁板，叶子被吓得六神无主，幸亏配班老师及时拨打了120，救护车把小胡杨送到了医院，在医生的精心照顾下很快恢复过来了。

　　小胡杨出院时，赛麦江大夫告诉叶子："这是常见的癫痫病，这类病是神经系统层面的病症，是由于病人的头部神经元出现异常放电造成的，实际上许多人对这类病症没有太多的了解。就像这次，你们就没有第一时间对她进行科学的急救，幸亏送来得及时，不然会造成很严重的后果，以后一定要多加注意。今后如果她再出现头昏、肠胃不适的情况一定要格外的重视。尽管这病没办法医治，可是积极主动地配合大夫医治，还是可以非常好地控制住病情，降低发病的频次，那样产生的不良影响也可以控制在一定的范围之内。"回来的路上叶子一直在思考医生的话，越想脑子就越乱，越想就越后怕。

　　这件事之后，叶子整天提心吊胆地过日子，生怕她再出点什么事。后来她把全部注意力都放在小胡杨身上，整日寸步不离地跟着她，护着她，连晚上做梦都是这些乱七八糟的事儿。

　　那段时间园长看叶子神情恍惚、心不在焉的样子，有些不放心，就主动找叶子谈心。叶子将最近发生的所有事说给园长听，园长一边认真听她倾诉一边同情地拍着她的肩膀，不停地安慰她。在园长的鼓励下叶子又打起了精神，毕竟孩子也是无辜的，小小年纪已经承受了这样的痛苦，做老师的更应该多关爱她。可是天有不测风云，叶子刚刚恢复的勇气又被接下来的事情给整得稀碎。

这天下午放学，和往常一样，孩子们都在院子里排队等着家人来接。小胡杨看着门外的爷爷来接她，便兴奋地狂蹦乱跳，这是爷爷唯一一次接她。

白胡子老爷爷非常慈祥，神采奕奕地挂着拐杖笑眯眯地向孙女儿招手。小胡杨本来脚步就不稳，再一激动更是前后左右摇摇晃晃，刚好和迎面跑过来的一个小男孩撞了个正着。

也不知道怎么回事，这个小男孩居然比弱不经风的小胡杨还不经撞，他被小胡杨撇出去的一条腿给绊倒在地。这下摔得可不轻，那孩子头先着地，撞到了台阶，叶子慌忙跑过去，看到那孩子趴在地上双腿蜷曲着，双手紧紧地抱着头，嘴里痛苦呻吟着，不一会儿就看见他的指缝里流出了好多血。

叶子赶紧拨通了电话叫校医前来查看伤情，等待校医来的时候，她抱起那孩子，只见他疼得脸色苍白，叶子使劲掰开他的手，看见他的头部靠近发际线的位置有一个月牙形的深坑，连皮带肉都不见了踪影。

她的脑袋嗡的一声炸开了，感觉有点恶心想吐，周围的一切好像都静止了，只有她被无穷无尽的恐惧感紧紧地包围着。她怕到了极点，不知道那孩子会不会有事儿，不知道他家长来了该怎么解释，她的心里七上八下的，紧张极了，男孩的班主任也吓得够呛。

虽然校医说是皮外伤没什么大碍，但是叶子还是觉得送他去医院再检查一下比较稳妥。刚要去医院，男孩的爸爸就来接他了。校医暂时给他做了包扎，叶子和男孩儿的班主任一起送他到了门口。

男孩儿的爸爸老远就看见儿子头上缠着的纱布，就像战争片里战场上负伤的战士，脑门上全是紧绷的白色的纱布。他爸爸看起来不是很面善，一米八几大个儿，壮实得像头牛，一侧的手臂上有宝剑文身，他的步子很大，不夸张地说他的一步可以顶叶子的三步半。他飞快地走过来接过儿子，急切地询问儿子发生了什么事。

这一问，了不得，男孩伸手摸了一下自己的头，扑到爸爸的怀里哭成了泪人。他的班主任也开始哭上了，她哆哆嗦嗦地走到这对父子跟前，不停地道歉："对不起！都是我的错，我带孩子去医院吧，费用我来出。您也不要太着急，刚才校医给检查过，没什么大碍。我们还是先去医院吧……"男孩儿的班主任是塔里木大学过来实习支教的学生，是哈萨克姑娘，平日里为人热情奔放，能歌善舞，什么活动都由她来担任主持。舞台上的她阳光自信、美丽大方，可是眼下她被吓坏了，除了哭还是哭，肿胀的眼里布满了红血丝。

叶子鼓起了勇气，把事情的经过讲给了孩子的爸爸听。果

不其然，那暴脾气一听就火冒三丈，瞪着大眼睛，破口大骂，唾沫星子飞了她一脸，吓得叶子不敢伸手去擦，只能在肩膀上偷偷地蹭一蹭。

"既然是别的孩子绊倒的，那是谁家的孩子呢？要你们老师是干什么的？"他冲到二楼监控室指着专门负责监控的老师大声呵斥道。

最后园长出面才算平息了这场风波。她和叶子一起送男孩去医院做了全身检查，安排男孩在家休息几天，在这期间，园长带着叶子多次去看望他。孩子的伤口在慢慢地恢复，并没有留下什么难看的疤痕，叶子心里的大石头才算落了地儿。

等孩子完全康复了，他爸爸特地来向叶子道歉，说自己的脾气从小就这样，一点就着，一浇就灭，遇事不动脑子，就懂个大吼大叫，让大家见笑了。他给园长鞠了两躬，又从白色的轿车上卸下了两筐哈密瓜，说是送给老师们吃的。其实这个男人笑起来很好看，洁白的牙齿，弯弯的眼睛，三层叠起来的双下巴，超级短的脖子，一颗大脑袋紧紧地贴在肩上，像个憨厚的邻家大男孩。

短短的两周时间里，发生了这么多令人防不胜防的事儿，使叶子感到身心俱疲。配班老师和保育老师也多次找她商量，让小胡杨转到别的班。之前配班老师就找过园长，想从大四班分出几个孩子去孩子较少的班级。园长也同意了。可是每次分到一半又舍不得，有一次，叶子决定送几个孩子去其他班，就连孩子们的洗漱用品、换洗衣物、课本读物等都收拾妥当了，保育老师在班里照看着其他孩子，叶子和配班老师带着分出去的孩子往新换的班级走，走出教室，穿过走廊，鲁尔比突然说话了："老师我们要去哪里？为什么带着行李？上次我们全家去旅游的时候也带了行李。"

老九接过话来说："我也旅游过，是和舅舅去的，上海好大好漂亮！你们都没去过吧？"古灵精怪的老四十一说："你们别吵吵了，再说话老师就不喜欢我们了。"

走在最前边的老十一转过头来，看着叶子说："老师你是不是不要我们了，要把我们送给其他老师？"听到这话，他们都停下了脚步，一窝蜂跑过来围着叶子，伊索尔抱着她的腿，平时他最淘气，调皮撒娇、就地打滚、死皮赖脸，样样俱全。

老三十六扯着叶子的衣襟不肯撒手，他说："以后我每天都洗手，一天一洗袜子，不信我们拉钩。"他伸出了自己的小拇指，眼神坚定、自信满满地等叶子伸手和他约定。平时他最怕洗澡，脖子上总是黑黑的一圈，有些爱干净的小女孩都不愿意和他做同桌。

有一次，叶子叫他放学回家去洗澡，可第二天来上学他的

脖子上却多了一条红领巾，那是他哥哥的红领巾，他不像哥哥那样整整齐齐地戴在脖子上，而是故意将它抖开紧紧地套在脖颈上，为的就是遮住脏兮兮的脖子。他蹑手蹑脚地趁叶子不注意偷偷地溜进了班里。见叶子走了进来，他赶紧顺手抓起两侧的衣领把脖子深深地埋起来，调皮地看着她吐舌头。这时候，要是再劝他洗澡，他准会两眼一闭，两手托着下巴趴在桌子上，头往一边歪着，一副油盐不进的架势。为此他挨了妈妈不少打骂，但是好了伤疤忘了疼，事后还是老样子。他可以把白袜子穿成"黑煤球"，他的床挨着教室一侧的墙面。有天午休刚好叶子值班，其他孩子伴随着轻音乐很快就睡着了，只有他翻来覆去瞎折腾。一会儿趴在床上看别的小朋友睡觉，一会儿平躺在床上扳着手指头自娱自乐地玩耍，一会儿往下挪一下枕头，把脚搭在墙上踩来踩去。令叶子惊讶的是洁白的墙面上瞬间留下了无数个"黑脚丫"，还有几条横七竖八的黑印子，还有一个不伦不类的五角星，就像涂料刷上去的一样，油乎乎地印在墙上。叶子叫他起来洗了脚再睡觉，硬是没把他从床上拉下来，他趴在床上两手死死地抓着床沿儿一动不动，任凭她怎么使劲他始终保持着一个姿势赖在床上不起来。最后叶子又以失败告终，他再一次赢了，嘴角挂着胜利的微笑睡着了，简直是太调皮了。

　　难得他这次这么诚恳地主动承诺。得了，就冲这句话，叶子也狠不下心了，又领着孩子们往回走，孩子们跟着她举起了小拳头大声说："走，回去！"就这么着，这些孩子还是留在了大四班。

　　这一次配班老师和保育老师又一次找叶子商量此事，她们听说大八班最近转走了好些孩子，那个班本来孩子就少，刚好可以接收她们班分出去的小朋友，叶子没有接她俩的话茬儿继续做着自己的事。看她迟迟不表态，她们就一直努力劝说着。

　　叶子知道市里面又新开了两所幼儿园，环境很不错，有些家长为了方便自己上下班就直接将孩子转到那里去了，自然好些班里人数就少了。按理来说一个年级每个班的人数差不多持平，可眼下大四班人数的确多了些，其他两位老师这么说不是完全没有道理。可是叶子还是那句话：舍不得，日子长了自然就有了感情，一下分出去……哎！不敢想，再想想眼泪都要掉下来了。而那两位老师已经连名单都整理好了，四十九个孩子里有八个人的名字上用红笔打了勾。叶子瞥了一眼，她看见了小胡杨的名字，心里挣扎了好久之后，她说："如果大八班老师同意你们这样分，并且愿意接受小胡杨的话，那就这么定了吧。"

　　配班老师乐开了花，拉着保育老师去当说客，不一会儿她

俩就回来了。一进门她们没说话，两个人相互会心地一笑，用手比了个 OK，再看一眼她俩那高兴的样儿，叶子就知道事情办成了。此刻她心里五味杂陈……

叶子倚着门框站着，像丢了魂儿似的，提不起一点心思，保育老师忙前忙后，分分钟打包好了这几个孩子的被褥、枕头和衣物，还找来了楼上平时拉桌椅和小床的手推车把它们扔了上去。然后挽起了袖子，使足了劲推着车子去了大八班。

配班老师极为仔细地盯着打了勾的名单，一个一个地点着那八个孩子的名字，她生怕少点或漏掉一个。转眼间保育老师已经跑了两趟了，卸下了被褥之后便马不停蹄地赶过来收拾他们的床，往日搬床都是叶子帮她抬，有时候她还抱怨沉。今天的她好像打了鸡血，全身都是劲，只见她两手拎起一张张床放到推车上，似乎毫不吃力，东西差不多都收拾好了，她又拎来几个大袋子，里面装的是孩子们的水杯、毛巾、牙刷和拖鞋。可是，让人意想不到的是，她突然莫名其妙地哭了起来，还没等叶子反应过来，一旁的配班老师也双手捂着脸趴在桌上开始哭，叶子拉着她们的手，也忍不住哭了起来，她们和叶子一样，也对所有的孩子都有了很深的感情。别看保育老师平时话不多，一脸的严肃样儿，但是她特别的善良。她是土生土长的南疆人，世世代代都居住在这里。婚后，她的家也在这里，和

她们幼儿园就隔着一条街，站在幼儿园食堂二楼的走廊里，就可以看得见她们家的烟囱。她有个可爱的女儿名叫菲力阿亚，和小胡杨是同月同日生的，今年整八岁，是对面学校的二年级学生，今年女儿过生日那天保育老师还特意买了生日蛋糕，带着女儿来她们大四班和小胡杨一起过。

那是很漂亮的双层奶油蛋糕，上面一层写着"祝小胡杨生日快乐！"下面一层用粉色的奶油写着"祝菲力阿亚生日快乐！"这俩孩子高兴坏了，在所有人的祝福声中成了好朋友。以后她有什么好东西都会托妈妈给小胡杨捎一点。小胡杨手里玩的那套橡皮泥模具就是菲力阿亚送给她的。

叶子知道她俩和自己一样都舍不得这些孩子，尤其是小胡杨这样的孩子，不管去哪个班都要一个老师专门寸步不离看护。可这一段时间发生了这么多意想不到的事情，她们三个人也是伤透了脑筋、吓破了胆。现在既然大八班的老师愿意接受这些孩子，那叶子也没有什么可说的，毕竟班小了好管理。收拾好情绪，配班老师走在后面，身后跟着八个孩子，每个孩子手里都拿着自己的书本。小胡杨的手里什么也没拿，她摇摇晃晃地跟在队伍的最后面。

叶子站在门口目送着他们，这一场景就像古代西域地带的茶马古道，驼铃声声；又像一批拖家带口一路向西的逃难者，

　　他们穿过走廊消失在一片若隐若现的叮咚声中。来不及掩饰，叶子的泪水顺着脸颊肆意乱飞，仿佛她的魂儿也跟着走了。

　　孩子们去了大八班之后，叶子始终没有勇气去看他们，也许是怕他们见了她会哭闹，会让她不舍，怕他们再闹着跟着她回大四班，也许是怕他们记她的"仇"懒得理她。其实她也说不出来个所以然。

　　终于有一天，叶子忍不住了，偷偷地跑到大八班，贴着窗户玻璃往教室里张望，在孩子堆里她一眼就看见了艾比布拉、阿依谢，还有性格温顺的阿孜古规规矩矩地坐在第一排，认认真真地听班主任讲故事。

　　其他几个孩子也都在教室里，他们已经融入了这个温暖的大家庭，尤其是特别爱表现自己的老四十一，老师的提问话音还未落，她就站起来，开始滔滔不绝地展示她的语言天赋，只要不去打断她，她就可以一直讲下去，好像脑袋里装着一本小百科全书，她什么都知道，好像没有她接不住的话，不管是谈天还是说地，她都有好多自己的逻辑在其中，眼下她正在教室的最前面，面对四十个小朋友讲故事。

　　来来回回跑了好几趟，反反复复转了好几圈，叶子都没有看见小胡杨的身影。她心头突然一紧，好不容易等到下课，叶子抓着大八班班主任的手着急地询问小胡杨去哪儿了。

只见大八班班主任也一脸无奈，她一边摇头一边叹气说："实在没办法，这孩子我带不了，就这两天被闹腾得一个头两个大，昨天下午从楼梯上滚下去跌断了腿，她爸爸连夜带着她去了外地的大医院。这孩子从转过来就没消停过，大小事故天天有，唉……不说了。"她摆摆手便不再说下去。

看着眼前这个清瘦的湖南姑娘，两个黑黑的眼圈，嘴唇干裂了几道口子，叶子的心里着实不是滋味。她是西部计划的志愿者，来幼儿园支教的，今年是支教的第三年也是最后一年，幼儿园有好几个和她一样来自五湖四海的志愿者，再过六个月，她的服务期就结束了。

从大八班出来，叶子就拨通了小胡杨爸爸的电话，可电话那头一直没有回应，只听得嘟嘟响了几声就自己挂断了。接着她又试着拨打了小胡杨妈妈的电话，一连拨打了五六次均被提示："您拨打的电话正在通话中，请您稍后再拨。"

在这以后的很长一段时间，小胡杨妈妈的电话都是这个情况，叶子没有打通过一次。换位思考一下，小胡杨转到大四班已经待了那么长时间，好不容易熟悉了这个班的人和物，有严重的身体残疾这一点也不假，但也不应该连一个招呼也不打就被随意转到别的班，像踢皮球似的将她不负责任地踢来踢去，丝毫不顾及孩子的感受。倘若小胡杨是自己的女儿，也许叶子

会直接冲去幼儿园找园长理论，而不是默默地拉黑或拒接电话来表达自己的抗议。想着这些，不知不觉地叶子的眼泪又掉了下来，此刻的她心里满是懊悔，而这种懊悔是禁不住一点点触动的，只要轻轻地一碰就会溢出来洒落一地。

既然小胡杨妈妈的电话已经没法打通了，那就继续拨打小胡杨爸爸的电话吧，此时此刻，满心愧疚的叶子只想知道小胡杨的情况。

大概过了两个小时，小胡杨的爸爸终于回电话了，电话的那头还是原来的腔调："喂，你好，老师！我嘛刚才嘛在医院，小胡杨嘛那个嘛受伤了，我们嘛在嘛医院。你嘛不要嘛担心，孩子嘛小腿处嘛有一点点嘛骨裂，住几天院嘛就回去。"隔着电话，叶子听见有人喊"十四号病床的家属在吗？请到病房来一下"，小胡杨爸爸赶紧撂了电话。

挂断了电话，叶子的眼前一下子豁然开朗了，心里的大石头也落了地儿，没事就好，要不然叶子真是无法原谅自己了。

回班后，叶子跟配班老师和保育老师说起了这件事，她们沉默了许久，最终做出了决定，她们从大八班搬回了小胡杨的被褥和其他物品，按照之前的样子和位置摆放妥当了。"今天的阳光格外明媚，小胡杨的被褥全是太阳的味道。"保育老师一边低下头闻着刚从太阳底下收回来的被褥，一边笑着说。

叶子和孩子们都盼望着小胡杨能快点好起来，大家一同等待着她重回自己的大四班。

生活中总是有各种各样的烦恼，这头解决了，那头又冒起来了。前些日子叶子觉得自己的胸口疼得厉害，正赶上配班老师这几天回老家办婚事去了，保育老师因家里有急事也临时请了假，眼看着班里只有她一个人，一时间也抽不出时间去看医生。就这样她一直撑到了周五，一下班就急急忙忙往医院跑，还没来得及挂号大夫们就下班了，看着他们脱掉身上的白大褂，拖着一身疲惫回家，再想想自己同样疲累而无助，叶子不由得鼻子一酸眼泪掉下来了。

第二天，叶子起了个大早，去了医院，抽血化验，做 CT，坐在走廊的长椅上，她一边着急地等待着检查结果，一边忍不住胡思乱想。

旁边自助打印检查报告的机器前排着长队，一张张化验单就像自动取款机里吐出的钞票一样，每一个拿着它的人都极其仔细地盯着它看，每个人的表情都不一样，有的人会长舒一口气，拿起手里的饮料一饮而尽；有的人神情立马变得凝重，好像有说不出的难言之隐压得他们喘不过气来；有的人看着它直晃脑袋，用双手托着下巴，眼睛望着天花板不知所措。

叶子心里很忐忑，默默祈祷自己平安无事。检查结果出来

了，医生说她的乳腺出了点问题，需要住院治疗，而且最好是当天就能办住院手续，一听这话，她的心情就像掉到了谷底，不知道如何是好。

最后她还是选择了听医生的话，立刻开始住院治疗，白天一个人穿梭在医院的病房、走廊和电梯里，晚上就由床头的这些书和她相依为伴。

躺在病床上的那些日子，实在是太折磨人了。病房就像一张无形的大网，叶子在里面拼了命地挣扎，却始终找不到出口。所有平时来不及细细思考的问题都涌上心头，叶子的心情既复杂又沉重。她从一本书的最后面撕下了一张白纸，然后将它一分为二。病房里找不见笔，她趁着邻床的那个洋气又时尚的中年女人出去散步的功夫，偷偷拿起她摆在床头柜上的一支咖啡色眉笔，在这两半纸上分别写下了"去"和"留"。

"去"是离开南疆这个地方，至于去哪儿她也没想好，反正就是想马上逃跑，前段时间她的舍友阿米拉就这样潇洒地走了，她告诉叶子："这里气候太干燥，离父母太遥远，我想回自己的家乡找个工作，你要不要和我一起走？"叶子没有回答她，只能唱首《启程》送给她，祝她好运。

"留"是继续待在这里，好好工作，扎根南疆。刚来这里时

她就是这样想的，只是这曾经无比坚定的信念，被眼下从四面八方袭来的无助感顷刻间击得粉碎。

叶子压抑着山洪般的情绪，用双手把那两半纸揉成了圆球，她双腿盘坐在床中央，学着电视剧里的情节开始"抓阄儿"。那两个小纸团在蓝色的床单上静悄悄地等待着。她闭上双眼，伸手去摸小纸团，拿起又放下，放下又拿起，最后终于不再犹豫，一把抓起一个纸团来迫不及待地打开它，啊！是"留"，真的是"留"耶！她高兴地从床上直接蹦起来，也许是内心的答案得到了确定，她感觉到了一种从未有过的坚定，仿佛一下子有了目标和归属感。

抓阄儿之后的叶子，变得平和起来，不再忧心忡忡和迷茫，只要闲下来，她就不停地看书。在医院的这段时间里，她读完了二十几本书。有余华写的《活着》和《在细雨中呼喊》，有日本作家黑柳彻子的《窗边的小豆豆》《小时候就在想的事》，有莫言先生的《晚熟的人》……之前她一直纠结的人和事，在这些书里都一一找到了答案。

出院之后，保育老师和配班老师，还有叶子朝思暮想的孩子们为她准备了大蛋糕，庆祝她的康复，同事和领导的关心给了她力量和温暖，以后"抓阄儿"这件事儿她不再提起。

很快，距离小胡杨受伤已经整整一个月了，这天早上叶子

去园长办公室打算请半天假去看看小胡杨，敲了门进去，园长正在接孙干事的电话。孙干事原名孙建坤，之前他来过她们幼儿园，和园长认识，他是武警兵团总队保卫处干事。

近两年来，武警江苏总队和武警兵团总队一直在大力支持幼儿园的发展，他们为幼儿园提供了多达数百万元的资金。有了这些资助，幼儿园也搞起了文化建设，购买了校园广播设备，又开设了多个手工教室，还用蓝色的卡通地胶铺设了所有的大厅和走廊，这一切都给幼儿园带来了无限的生机。

在叶子的印象中，孙干事有一米八的个子，一张挺严肃的脸，有的时候戴眼镜，有的时候又不戴，笔直的腰杆，走路仿佛带风。他是一个说话幽默，办事严谨的军人。只要穿上那身庄严的绿色军服，那简直就三个字"帅呆了"。只见园长边打电话脸上边乐开了花，她一边连声说着："噢，太好了！谢谢！谢谢！"一边挂断了电话。

园长今年五十三了，可怎么看，她都不像五十几岁的女人，她有一颗少女心，夏天穿花裙子，冬天身着粉色长大衣。她喜欢和叶子她们这些小年轻待在一起，连她自己都说和她们处久了，总感觉自己正青春。

见到叶子，园长高兴得像只可爱的小兔子，兴奋地对她说："叶子，孙干事邀请我们去北京参观学习，时间定在 11 月 4 日，

到时候你也去哦！"

一听去北京，叶子当然很激动了，从上学到现在，一直唠叨着等有机会了去北京看看，可一直没去成。对于这些南疆的孩子们来说，有一天能去北京玩玩，那该是多么好的事啊！

考虑到路途遥远和安全问题，幼儿园决定只从大班的孩子里抽出几个小朋友来。最后由园长和叶子，还有其他的两位男教师带着五个孩子一起去北京。在武警兵团总队执勤第三支队保卫科杨干事的护送下，他们从唐王城机场出发。第一站她们到了乌鲁木齐，孙干事早早地在机场等着接她们。

大家在机场吃了午饭，稍作休息之后，就坐上去往首都的航班。这是孩子们第一次坐飞机。孙干事专门为他们买了靠窗户的位置。上了飞机，孩子们看见什么都觉得新鲜，他们这儿走走，那儿摸摸，不可思议地看着这个如同飞鸟的大家伙。

买买提出神地瞅着眼前的空乘小姐姐感叹道："哇哦！好漂亮啊！"阿迪莱从机头到机尾逛了个遍，舒舒服服地靠在椅子上，眯着眼睛等待着飞机起飞。

空乘小姐姐再次提醒大家系好安全带，调整好座位，飞机马上起飞了。孩子们赶紧坐得端端正正，穆拉丁一遍又一遍地检查着系在腰间的安全扣。飞机终于动起来了，孩子们激动地大喊大叫。

慢慢地这只大鸟就飞起来了，地面上的一切开始变得模糊起来，刚才还满大街穿梭的行人和车辆犹如蚂蚁一般大小，最后连蚂蚁也看不见了，高楼大厦也消失了。

他们好像飘在了云海里。一望无垠的天际，白云涌动，仿佛伸手就能触碰到。伊斯马伊力说：“我好想抚摸那么洁白无瑕的云朵，那里肯定住着神仙吧，要不然它怎么那么美，美得让人不敢眨眼睛，就怕它什么时候偷偷地溜走了。”

孩子们认真地注视着窗外的一切，时而小声地欢呼，时而出神不语。孙干事和巴哈尔挨着坐，他从上了飞机已经问了无数个为什么了，孙干事耐心地给他答疑解惑，两人聊得不亦乐乎。巴哈尔告诉孙干事，长大之后自己也要开飞机，而且要开超大号的飞机。

夜幕降临，满天星辰，他们在首都的上空看到地面上闪烁的霓虹，来来往往的车辆，这是一座灯火通明的不夜城。

将近五个小时的行程，飞机终于降落到了首都机场。走出舱门，孩子们高兴地大喊：“亲爱的北京，我们来了！”阿迪莱激动地喊成：“亲爱的妈妈，我也来了！”“哈哈！”其他小朋友指着他笑得前仰后合。

乘坐大巴车离开机场后，叶子他们被专车接到了武警部队。这时候已经很晚了，但是这里的武警战士仍然给他们准备了丰盛的晚餐，忙前忙后地给这些远道而来的小朋友添汤加菜。

叶子心里想，要是小胡杨能和他们一起来那该多好啊！看到这么多好吃的，她肯定会非常开心的。

晚饭之后，孙干事告诉他们："明天大家要早起去天安门广场看升旗仪式。"大家都兴奋极了，第二天大概四点多孩子们就到了天安门广场，这么早，等着观看升旗仪式的人已经排成了长队。他们难得这么近距离地观看升旗仪式，武警国旗护卫队军姿挺拔，气势威武，向全世界展示着国家和军队的形象。孙干事告诉他们，士兵们在升国旗时，会从金水桥走到升旗台，其间距离 108.3 米，升国旗的时间与日出的时间相对应，每天都是在国旗和太阳同时升起。

五星红旗冉冉升起，孩子们高兴地欢呼雀跃。叶子回头看了一下园长，她在一旁擦眼泪，这一定是激动的泪水，周围这成千上万的观看群众里，有很多像园长一样默默流泪的人。

升旗仪式还没有开始，叶子就拿出了手机，打开了录像模式，整个升旗仪式都被拍了下来，她把视频发给了小胡杨爸爸，让他给小胡杨看。

接下来他们去了天安门城楼，还爬了长城，孙干事一路陪同，他给孩子们讲了好多有趣的故事。

　　第三天早上，他们去了国宾护卫队。孩子们兴致勃勃地观看了战士们的训练和表演，如：百人集体绕"8"字，他们就像一道闪电，动作整齐划一；还有单手捡硬币，他们在百米冲刺的时速下，可以稳坐车上单手捡起地上的一元硬币。他们不仅可以在时速不减的情况下一跃而起站在车身上，还可以单手握着车把，将身体悬浮在车子的一侧，自如地左右切换。真是一场视觉盛宴，阿迪莱从座位上站起来鼓掌，感叹地说："原来武警叔叔都会武术啊！太厉害了！长大了我也要当武警战士。"

　　第四天，他们来到了张思德纪念馆，在这里孙干事给孩子们讲了张思德的英雄事迹。张思德，四川仪陇人，共产主义战士，全心全意为人民服务的典范。他小时候家里特别穷，父亲靠给地主家打短工维持一家人的生计，后来流落他乡。张思德生下来的时候，家里穷得连一粒米也没有。他的母亲重病在身，他饿得直哭，吮破了妈妈的奶头也吸不出一滴奶水。没办法，妈妈拖着重病的身子，走东家，串西家，要来一把半把谷米，捣碎熬成糊喂他，因而给他起了一个小名叫谷娃子。张思德出生不到 7 个月，妈妈就去世了。妈妈去世以后，婶母刘光友收养了他。张思德 6 岁就下地干活，割草、挖野菜、采蘑菇、捡松果，什么都干。1933 年，他报名参加了少先队，成了乡里首位少先队员。同年 10 月，他参加了红军。在此期间他

不仅立了好多战功，而且学习了不少文化、军事知识。1935 年，他随红四方面军参加了长征。1937 年 10 月，他加入了共产党。从此，他更加严格地要求自己，一切服从党和人民的利益，党叫干啥就干好啥。1944 年初，张思德响应中共中央大生产运动的号召，主动报名参加中央机关组织的生产小分队，到离延安 70 多里的安塞生产农场参加劳动，被选为农场副队长。同年 7 月，张思德进安塞山中烧木炭。他处处起模范带头作用，不怕苦、不怕累，哪里最苦最累，他就出现在哪里，每到出炭时总是最先钻进窑中作业。1944 年 9 月 5 日，天下着雨，张思德带着突击队的战友们照常进山赶挖新窑。中午时分，炭窑在雨中发生崩塌。危急时刻，张思德一把将战士小白推出窑口，自己却被埋在坍塌的窑里，战友得救了，张思德却献出了年仅 29 岁的生命。

孩子们聚精会神地听着孙干事的精彩讲解，深受感动。这一路叶子都拍了视频，走出纪念馆，她迫不及待地发给小胡杨看。

下午他们又去了武警总队机关幼儿园，这里的张园长热情地款待了他们。她带着孩子们参观了整个园区。

来之前，叶子他们专门给这里的孩子买了一些特别的礼物，如：维吾尔族小朋友跳舞时戴的那种小花帽；还有最能代

表南疆人民热情的骆驼，它们可不是会吃草的骆驼，而是一种毛绒玩具。每一只骆驼的脖子上都挂着一个红色的铃铛，它们目视前方，好像在跟这里的孩子们打招呼。

这家幼儿园的大厅布置得相当漂亮，走在其中好像走进了五星级酒店。穿过走廊便是教室。地下室才是孩子们的快乐天堂，这里有沙池、画室、泳池和好多叫不上名字的玩耍区域，各种教具、器材应有尽有，设计高端温馨。

小朋友们正在这里开展各种活动，看到叶子他们进来，孩子们主动跑过来邀请他们一起玩耍。

刚开始阿迪莱还有点拘束，可不到三分钟的时间，他们就玩成了一片，离开的时候他们都哭着不想走了。二楼是餐厅，张园长早就安排好了晚饭，临走时她给孩子们装了好多水果和面包，让他们在路上吃，她还给每个孩子赠送了一套学习用品。

在一楼大厅里张园长和叶子他们拍照留念，一直把他们送上了车子。

第五天早上，叶子他们就离开了北京，孙干事一路护送他们到了乌鲁木齐。早上起来北京的天气干冷干冷的，天上灰蒙蒙一片。到了乌鲁木齐刚好赶上鹅毛大雪，回去的航班暂时被取消了，他们就住在了武警部队里。

　　叶子他们被安排到了七楼，整洁舒适的房间里，孩子们洗了澡，换上了随身携带的干净衣服。他们趴在窗台上欣赏着漫天飞舞的雪花，互相分享着这几天的所见所闻，小心翼翼地打开张园长送给他们的礼物，摊在床上仔细欣赏。

　　怕孩子们无聊，晚饭过后，孙干事找来了投影仪给孩子们放电影版《功夫熊猫》。叶子和园长有些累了，躺在另一间房里一会儿就睡着了。孙干事陪着孩子们一起看，一起乐。每当看到精彩处，孙干事总会照着电影里的动作给孩子们比画比画，逗得大家开怀大笑。

　　大雪一下就是两天两夜，第三天早上天气终于放晴了。孙干事帮他们订了回家的机票，一个多小时的航程，估计下午四点半孩子们就能回到家。在乌鲁木齐的这两天，孩子们玩得特别开心，他们大多数是第一次见到雪。

　　南疆的冬天一般是不会下雪的。来这里已经三五年了，叶子从未见过雪景，哪怕只下一两片雪花，那也算得上冬天的痕迹。听当地的人们说2008年倒是下过一回，雪花刚一落地就已经融化了，这昙花一现的雪景来去匆匆，人们还都来不及欣赏它就化成了小水滴。

　　这次在乌鲁木齐，孩子们每天早早地就起床了，趴在窗户上看着部队大院里刻苦训练的战士们在雪地上摸爬滚打、站军

姿，任由大雪肆意飞，却从来没人叫苦叫累。

其实大雪天要是不刮风倒也不太冷，叶子和孩子们下了楼，院子里的树枝上、路灯上、房前屋后都落上了一层厚厚的积雪。几只麻雀站在头顶的电线杆子上，叽叽喳喳地叫着，远处的操场上时而传来士兵们的操练声，雪花漫天飞舞，像一个个白色的精灵打着转儿落到了地面上，这一朵朵小雪花堆积起来装点了这个美丽的城市，也装点了孩子们的梦。

半尺厚的雪地上，阿迪莱舍不得踩下去，轻轻地捧起一捧雪放到鼻子底下闻了闻，又放到嘴边舔了舔说："老师，原来雪是这么的冰凉啊！还有点甜，它可以吃吗？"伊斯马伊力看着自己身后的一串串小脚印，既惊又喜，赶紧喊叶子过去："老师，你快看！这是我踩的，像不像一条长长的辫子？"

阿迪莱团了一个大雪球扔了过来，其他孩子看了看叶子，通常叶子举一个"OK"的手势，孩子们就会瞬间明白她的意思。叶子举起手在胸前比画了一下，其他三个孩子也赶快蹲在地上捏雪球。

只见叶子使眼色，孩子们一起把雪球扔向了阿迪莱，其中一个雪球钻进了他的衣领里，他被冰得直叫喊，逗得大家哈哈大笑，他又赶紧趁大家不注意时回击，他们便在漫天飞雪的雪地里快乐地追逐起来。

　　刚开始叶子他们五个人一个队伍，专门对付阿迪莱，可打着打着就剩她一个人了，他们五个人站成一队，满院子追着她打。玩累了，他们挑一块最干净的雪地躺上去，大家手拉手躺成一排，静静地感受一片又一片雪花的亲吻，它们是那么的圣洁，轻轻地落在他们的额头上、眼睛上和手背上，又很快融化、消失不见。

　　下午就要回家了，孩子们吵着要出去逛街，主要是给爸爸妈妈或爷爷奶奶买一些小礼物。他们去了附近的步行街，这里人山人海，大多都是外地来旅游的。

　　在一家临街的精品店里，巴哈尔给爸爸买了一款黑色的腰带；阿迪莱给妈妈买了一个发卡，给爷爷买了一个大烟袋，她说爷爷平生最大的爱好就是抽烟，最喜欢的是他自己的大烟袋。

　　在柜台里，叶子挑选了好久，终于买到了一个非常漂亮的水晶球，它里面还有灯，动一下开关就会亮起来。它由两部分组成，上面是一个晶莹剔透的大圆球，里面有一个身着粉色裙子的小公主，她蹲在地上亲吻她的小狗，周围是一片花海。下面是一个略大一点的圆形底座，按一下底下的按钮，上面的水晶球就会转起来，还有音乐可以自由切换。叶子记得上次路过一家橱窗，小胡杨看见摆在货架上的水晶球就喜欢得不得了。

　　从乌鲁木齐回去的当天下午，叶子就去看小胡杨了。这几天全国气温都在下降，天空还飘着零星的雪花，往年不怎么冷的城市也变得冻手冻脚。

　　路边的花丛里，那些前几日还开得生机勃勃的菊花，眼下也耷拉着脑袋，连叶子都卷到了一起，好像刚从开水锅里烫过一样，蔫巴巴地站在那里。

　　叶子骑着自行车，全身包得严严实实。刚来南疆时，婶娘给她买的厚棉衣都还来不及穿，冬天就溜走了，现在穿着真暖和。在老家人的印象里南疆不仅很远，而且冬天里也是贼冷的。五年了，这件棉衣还在，现在叶子倒觉得它很好看，不仅保暖而且有亲人的味道。她穿着它骑行在刀郎街上，朝着小胡杨的家驶去。

　　停好了车子，叶子推门进去。院子里的烤肉架上，撒上了香料的羊肉串正在滋滋往外冒油，烤架下面的炉膛里炭火通红通红的，肉香四溢。

　　房门是从里面关上的，贴着窗户可以看见，屋子里聚集了好多人，他们好像在过节狂欢、载歌载舞。小胡杨的爷爷最先看见她，他指着窗外让大孙女给叶子开门。

　　门打开了，叶子走了进去，小胡杨坐在人群的最中间，她穿得像个小公主一样，一件粉色的针织打底裙，上面又穿了

一件浅绿色的圆领棉衣，脖子上戴着一个闪闪发光的银质长命锁。

已经长起来的头发，不知道是姐姐还是妈妈给她扎了十几个小辫子。小腿上的钢板还在，她坐在地毯上高兴地看着周围的人，嘴里还不停地哼着欢快的歌词。

看见叶子来，小胡杨高兴地伸手抱她。小胡杨的小手好暖和，抚摸着叶子的脸和头发，还在她的额头上轻轻地亲了一下，这个亲吻足以温暖叶子的整个冬天。

叶子从棉衣口袋里掏出了水晶球，哈一口气将它擦一擦，再按一下按钮，轻轻地晃一下。只见水晶球的灯亮了，音乐响起来了，水晶球也跟着转起来了，里面的那个小姑娘显得越发漂亮了。小胡杨张大了嘴巴看着它，叶子拉起她的手把水晶球放到她的手心里，她高兴得快要哭了，赶快喊姐姐和妹妹过来看。

妹妹看到这么可爱的东西也想要，可小胡杨不给她，她就一屁股坐在地上哭，还不给，干脆躺到地上打滚，两只鞋子都蹬掉了，小胡杨还是紧紧地抱着水晶球，任凭她使出浑身解数，不给就是不给。

这一天不是什么节日，也不是集会，就是维吾尔族人家的日常家庭活动。爸爸妈妈和姐姐妹妹们围着小胡杨载歌载舞，

爷爷弹着他的独塔尔，院子里有香喷喷的烤肉，桌子上摆满了水果、烤包子和馕子，叶子也坐下来和小胡杨的爸爸妈妈聊起天来。

冬天是庄稼人最清闲的时间，小胡杨的爸爸妈妈都是种棉花的高手，他们家有两百多亩棉花地。虽然农忙时节他们也会雇好多短工，但是平日里两口子还是忙得不可开交，除了冬天，其他季节都在田里忙活。老父亲有严重的高血压，情况好的时候，可以帮他们看看孩子、烧顿饭。要是哪天犯了病，还得腾出来一个人专门照顾。前两年就是因为老人突然犯了病，又赶上抢收棉花，家里老的老小的小，两人合计就断了大女儿的上学路，以后大女儿除了接送妹妹们上下学还要照顾爷爷。

现在老人的身体也是时好时坏，但是孩子们都一天天地长大了。说起这个，小胡杨的爸爸总是很懊悔当初自己的决定害了大女儿。哎！他拿拳头一遍遍地敲着自己的脑袋。他又说："所幸现在的教育政策好，就在上个月我找到女儿之前的学校，找校长和孩子的班主任商量，让她回到学校继续念书。现在大女儿已经回到了学校，虽然学习上有点跟不上，但是孩子很珍惜这次机会，每天都学到很晚，这让我很欣慰。"他又笑着挠了挠头。

他还告诉叶子，小胡杨的腿一天比一天好了，虽然站不起

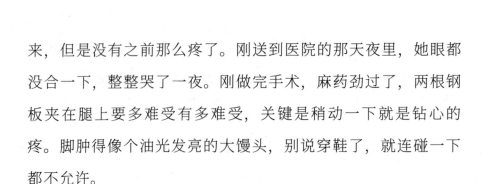

来，但是没有之前那么疼了。刚送到医院的那天夜里，她眼都没合一下，整整哭了一夜。刚做完手术，麻药劲过了，两根钢板夹在腿上要多难受有多难受，关键是稍动一下就是钻心的疼。脚肿得像个油光发亮的大馒头，别说穿鞋了，就连碰一下都不允许。

"现在腿和脚早就消肿了，鞋也能穿了。"小胡杨的妈妈疼爱地摸着小胡杨的腿说。叶子注意到小胡杨的脚上穿着一双漂亮的新鞋子。这是一双棉鞋，底子是褐色的，脚面是粉色的，毛茸茸的面料摸上去很舒服，脚脖子处扎了一朵淡绿色的小花，小花的下面有两根长长的绳子而且绳子一直垂到了脚面，在绳子的端头各有一个小小的黄色挂件儿，它是用海绵做的，捏上去软软的，远看就像一个黄色的草莓，显得活泼可爱。

叶子和小胡杨跟着其他人一起欢呼。在独塔尔的悠扬乐声中大家翩翩起舞。爸爸去了院子里给他们烤肉，小胡杨也要去，妈妈把她抱到轮椅上，姐姐跑过去帮她把轮椅推出了屋子。

叶子推着小胡杨来到院子里，她家的两只大公鸡伸着脖子，雄赳赳气昂昂地踱着步在院子里溜达。小胡杨看着爸爸手里来回翻动的肉扦子，馋得直舔大拇指头。

大公鸡们也闻着肉香味，在他们周围转来转去。它们一会

　　在地上啄食，一会抬起头来看一看他们。胸前掉了毛的那一只大公鸡绕到小胡杨脚下，一下叼住了她脚面上的那颗草莓不肯松嘴，小胡杨吓得哇哇地哭，使劲用脚踢它。

　　另一只大公鸡见状也跑了过来，它一嘴叼走了另一颗草莓。她和爸爸赶走了那只大公鸡，保住了一颗草莓。小胡杨低头看了一下自己的新鞋子哭得更厉害了。

　　那只大公鸡跑了很远，才把嘴里的草莓放到地上，它不停地拿嘴啄食，最后发现不能吃就没精打采地走开了。另一只大公鸡有些不甘心，专门跑过去看了个究竟，发现草莓确实是假的也灰头土脸地离开了。脸上挂着泪珠的小胡杨，看到地上的草莓没被吃掉又高兴地笑了。

　　小胡杨的左腿还打着厚厚的石膏，小腿两侧还绑着坚硬的钢板儿。俗话说伤筋动骨一百天，医生建议出院之后要小心看护，最好在家里静养以免造成二次伤害。所以后面的三个多月她就一直在家里休息，她爸爸在电话里说："我们家嘛发起了嘛全家总动员嘛轮流嘛看护。"的确，小孩子嘛，天性就好玩，必须依靠家长的耐心引导。

　　时间过得飞快！小胡杨在家休息的这段时间，叶子和其他两位老师去看过她好多回。最近一次去看她，她已经恢复得很不错啦，钢板和石膏都被拆掉了，她高兴地拉着叶子并挽起了

裤腿让叶子看。

她爸爸说："等过了杏花节我就送她去幼儿园，可是我……我……"他无奈地挠挠头欲言又止，叶子赶紧接过话儿来："你放心吧，小胡杨就还在我们大四班吧！我和孩子们都挺想她的。"

站在一旁的小胡杨的妈妈，听到叶子这么说，激动地拉着叶子的手眼泪汪汪的，最后将她的手拉到自己的嘴边，在她的手背上深深地亲了一口，干瘪冰冷的脸颊轻轻地挨着叶子的手背，两行滚烫的泪水滴滴答答打在叶子的手背上，这些泪珠儿就好像长了翅膀一样穿过皮肤，直击叶子最脆弱的神经。

叶子最大的缺点就是嘴笨，平生最怕安慰别人，看着眼前这个喜极而泣的可怜女人，只能给她一个亲人般的拥抱。走出了小胡杨家，叶子掰着手指头算了算，后天就是"杏花节"了，这是这座城市举行的首届"杏花季·文化旅游节"。

阳历 3 月 30 日，人们期盼已久的首届"杏花节"终于到来了。阳春三月的这座城市，百花盛开，杨柳吐新，放眼望去一片生机盎然。绵延 5 公里的杏花街上，120 万株杏花竞相开放，蝴蝶飞舞，蜜蜂寻蜜，游人驻足欣赏拍照，犹如一幅粉色的动态画卷徐徐展开，吸引了大批游客和当地群众来踏青赏花。活动为期两天。活动当天，除举行了以"阳春三月杏花开，

唐城美景引君来"为主题的赏花踏春开幕式表演外，还举办了书画作品展、摄影作品展、大美图市摄影展等一系列活动。

　　叶子他们幼儿园的老师也参加了当天的活动。练了一个假期的"威风锣鼓"，老师们身穿锣鼓盛装，头戴红丝绸，往杏花大街上那么一站，真是威风八面。锣鼓响起来，整个城市都沉浸在节日的幸福、欢快的气氛里。老师们个个精神抖擞，使劲挥动着手里的鼓槌，真正敲出了南疆人的精神和威风。还有舞蹈、戏曲、摇滚、民谣、弦乐重奏等各种表演，整个开幕式活动热闹非凡。

　　图木舒克市作为国家园林城市和重点生态功能示范区，拥有大漠、山脉、湖泊、湿地和绿洲等旅游资源，集聚了汉唐文化、军垦文明，至今辖区内尚有大量屯田遗迹和古寺庙遗址。近年来，通过政府的大力宣传，吸引了无数游客前来旅游观光。鉴古城遗韵、看新城佳景、感沧桑变化，任游客们"看杏街花开花落，望天上云卷云舒。"

　　叶子漫步在风景如画的杏花街，在花香中想起了"一段好春藏不住，粉墙斜露杏花梢""春色满园关不住，一枝红杏出墙来"等著名诗句，不由感慨杏花独特的魅力。

　　小情侣们置身于花海之中，按下相机留下最美好的瞬间。在人山人海里，叶子看见了一辆熟悉的三轮车停在路边，车厢

里仍旧铺着她熟悉的毛毯，那是"古尔邦节"她和小胡杨躺过的毯子。

对，小胡杨一定在这里，车座上还有配班老师送给她的小芭比。叶子赶紧在周围找她，穿过人群，在马路对面的一户居民家门前看见了小胡杨。

小胡杨手里捧着一束杏花，妈妈坐在一个为她随身携带的小板凳上，她坐在妈妈的腿上。

母女俩远远地看着街上的各种节目表演。当老师们的"威风锣鼓"上场时，小胡杨激动地站起来，手里的花也掉到了地上，她拉着妈妈的手指给她看。

叶子折下了一束杏花打算送给小胡杨，可是又怕打扰到她们，她将它又放在了那棵树杈上，就像小胡杨一样，它幸福地依偎在妈妈的怀抱里。

杏花节刚过，天气渐渐暖和起来了，小胡杨也回到了她的大四班。

最近有一个小男孩，有事没事总爱往叶子他们班里凑。他有些虎头虎脑，个头也比同龄的孩子足足高出半头多，一件墨绿色的小西服有点遮不住他胖嘟嘟的小肚子，顺着衣领往下看就像下面塞进了一个大西瓜。他很有礼貌，逢人就打招呼，见老师就问好，总是乐呵呵的样子，好像在他的世界里从来没有

什么不开心的事情发生。

　　虽然他就是隔壁班的小朋友，但他叫什么名字，叶子也不大清楚，只是听其他孩子叫他"大门牙"或"大胖子"。说是大门牙，其实却小得可怜，两颗东北大米粒一般大的门牙，只要咧嘴一笑，总会引来一帮看热闹的孩子。中间的那两颗门牙反而使两边的牙齿显得很大、很不协调，这或许是"大门牙"的由来吧。

　　第一次看见他，记得还是一天早上，叶子隔着窗户的玻璃看见了这个小男孩，当时她正在和孩子们做手工活动，是教他们利用废弃的一次性纸杯做花样笔筒，大家都在专心致志地设计自己的作品，谁也没有注意到教室外面的事。

　　就在不经意间，叶子好像看见窗户外面蹲着一个人，只露出了一簇头发，她先是一惊，以为是自己班里的孩子偷偷溜了出去，可转念一想，也不对呀，活动之前她还点过名，教室门也是关着的，不过她还是不放心，又数了数，果真一个也不少，这才松了口气。

　　可接下来叶子想看个究竟，毕竟这会儿每个班都应该在教室组织活动，因为外面正下着雨，很滑，不可能有孩子私自跑出去，她正这样想着，只见这个小家伙慢慢地站了起来，试探性地往窗户里面望了望，当他发现她在注视自己时，马上又把

身子缩了回去，静悄悄地半天没了动静。

叶子似乎明白了什么，故意清了清嗓子，走到桌子前，假装正在找什么东西。你还别说，这招真见效，不一会儿那小男孩又伸出了小脑袋，继续朝教室里张望，估计看不大清楚，他踮着脚，贴窗台往近靠了靠，生怕弄出什么动静来，他轻轻地把两只脏兮兮的、胖乎乎的小手曲成两个半圆状，然后贴到窗户上，一张略有喜感的小胖脸也凑了上来，两只本来就很小的眼睛使足了力气睁得溜圆，眼珠子左右转个不停，好像在寻找着什么。

过了一会儿他不小心碰到玻璃发出了不小的声响，班里的孩子被吓到了，一时间全部停下了手里的活儿，齐刷刷地朝窗户看去，老八随口喊道："大门牙，你这个大胖子在干吗？"

他可能被这一幕吓到了，撒腿就跑，一溜烟就没了人影。窗户上满是他的小手印，中间还有两行口水印，玻璃上仿佛刻上了一个小小的他久久不曾离开。

接下来的日子，叶子开始注意起这个小男孩，为此她还去了隔壁班级，专门了解了一下他的情况，据他的班主任说，他叫殷航，今年六岁，是中学门口烧烤店老板娘的"大公子"。

提起他，班主任直皱眉头，"哎呀！他简直就是一个活宝，精神头儿好得惊人。自从早上来到幼儿园之后就别想停下来，

不管是班里还是操场上，只要有他的地方就一片欢腾，周边的小朋友也跟着兴奋起来，有时候实在闹得有些过火。中午别的孩子吃完饭，就去睡觉了，可他丝毫没有倦意，从教室闹到楼道再由楼道跑到寝室，就像通了电的小陀螺，越玩越起劲。"

第二次看见他，也是隔着窗户的玻璃，同样的表情、同样的动作，不同的是这次班里的孩子的反应似乎没有上次那么强烈，有的不经意间只是抬头看一下又继续做自己的游戏，有的孩子甚至连看都不看，有的边玩边偶尔瞥他一眼，还有的对着他做鬼脸。

他也没有了上次的胆怯，还冲叶子笑了笑，脸上露出了少许的羞涩，叶子也对他点了点头，冲他笑了笑。

只见他深深地吸了一口气，摸了摸他那滚圆的肚子，舒舒服服地趴在窗台上，双手托着下巴，小脑袋来回晃着，笑眯眯地注视着最里边靠墙的桌子。

这张小圆桌上总共有四个孩子，老大、老二、老十一和老十九，老二和老十一是两个男孩儿，老大和老十九是她家的两个宝贝女孩儿，一个快乐阳光叫小胡杨，一个乖巧懂事叫麦迪娜，他们正在玩拼图。他们好像谁也没有发现这个小家伙，每个人都玩得十分专注，尽情地享受着游戏的快乐时光。

游戏结束之后，孩子们要排队去上厕所，教室门刚一打

开，小男孩一下跳了起来，来不及拍打手上的灰尘撒腿就跑，随后叶子也跟了出去，这时候隔壁班的小朋友也排着整齐的长队准备上厕所，只见那个小家伙横冲直撞地强行往队伍里挤，还不时地踮着脚尖又缩着脑袋，偷偷地观察她有没有跟上来。

本来叶子想去和他搭讪几句，可见状，只好笑一笑作罢。突然，他被别的小朋友推倒了，狠狠地摔在地上，他气坏了，爬起来就打了那个小朋友两下，还没等叶子回过神来，小男孩的班主任跑了过去一把抓住了他抡起的小拳头，可他还不罢休，先是扭头甩了一把脸上的汗，然后开始挣脱老师的手，扑上去就要打。

"哇……哇……"一时间，两个小朋友都被他弄哭了，其中一个年龄小一点的孩子是被他给吓哭的，叶子再回头看看他，他还憋着一口气拳头紧攥着，目光斜视着周围的一切，连头发根都还竖着，小脸气得发青，简直就像只愤怒的小鸟。

从厕所出来，他走了过来，小手拉了拉老师的衣角，班主任假装什么事也没发生，故意问他："有什么事吗，宝贝?"这时的他已经乐乐呵呵的了，好像之前的一段打斗发生在别人身上一样，在他的脸上看不出任何生气的模样。他迟疑了几秒钟，开口说话了："老师，我犯错误了，我……"

"噢! 那你说说吧!"

"今天打人是我不对，可是他们推我，我……"

"他们是谁？又为什么推你呢？"

"因为我……我错了，我不该插队。"

"有这事吗？我怎么不记得。"

"有这事，我记得。"

"你插了队，还打了人，是这样吗？"

"嗯……"

"那你觉得自己今天的行为对不对？"

"不对，你说过，打架就不是好宝宝。"

"那以后你应该怎么做？"

"我想做个好宝宝，不打架，不插队。"

"你跟小朋友道歉了没有啊？"

"他们也推我啦，还绊倒了我，他们也不是好宝宝，我……"

"你去跟那两位小朋友互相说声对不起，互相拥抱一下，这事就算过去了，以后不能再打架啦。"

"得嘞，哈哈……"

趁热打铁，班主任借这件事又给小朋友们认认真真地讲了一下幼儿园的安全事宜，让他们相亲相爱，做讲文明、懂礼貌、不打架、不插队的好宝宝。

看到这里，叶子不由得为这位班主任竖起了大拇指。可她又暗自责怪自己，要是当时自己不跟出去的话，或许就不会发生这样的事情，她看得出来小家伙是因为刚才的事紧张或者不好意思，才想通过插队来掩饰心里的极度不安，然后像大人一样假装风平浪静。

"发什么呆，赶快吃饭啦，你闻，好香的羊肉味，今天一定是手抓饭，孩子们最爱吃它了，它可也是你的最爱！"有人从后面轻轻地拍着叶子的肩膀说。

噢，原来是小米老师，其实小米老师就是殷航的班主任，她是从广东来叶子他们幼儿园支教的西部计划志愿者，小丫头不仅长得娇小可人还非常有爱心，教学方面也颇有心得，经过大半年的相处，叶子和她早已成了形影不离的好朋友了。

吃饭间，叶子无意间又提到了刚才的事，还夸小米老师做得好，值得自己学习。这顿夸，把小米老师给整蒙了，她停下了手里的筷子，惊讶地问道："你怎么知道的呀？噢，我明白了，"她眯着眼睛开玩笑说，"真看不出来啊，我们的叶子老师还喜欢听墙根儿啊，哈哈……快招吧，肯定是这样的。"

谈笑间，仿佛一天的烦心事都被冲到了九霄云外去。也许只有这个时候才真正是属于自己的，没有噪音，心也是放空的。

星期二中午叶子她俩不用值班，用小米老师的话说就是可

以睡个美容觉，平日里她们都安排了午间值班，只有星期二和星期四午饭后才能休息两个小时，所以她们特别喜欢这两天，叶子甚至连自己的幸运数字都改成了"2"和"4"。

午休过后孩子们个个都精神饱满，他们用舒肤佳把自己洗得香香的，有的脸上还挂着小水珠，大家不吵也不闹，安安静静地坐在小凳子上，等着叶子的到来。

未见其人先闻其声，老远就听见了叶子的脚步声，突然孩子们都兴奋起来了"快听，老师来了。"

"对，就是我们的老师。"

"是她的脚步声，我听出来了……"

孩子们开始七嘴八舌地打开了话匣子，有的小朋友显得异常激动，坐也不是站也不是，眼巴巴地望着大门口，恨不得叶子下一秒就出现在面前，调皮的别克山给大家做了个"嘘"的手势，就踮着脚尖，以一副夸张的模样，走到教室门口，他一只手抓着门框，探出了小脑瓜，先是左右瞟了瞟，然后朝脚步声的方向望去，猛然间他像触电了一般，嗖一下缩回了小脑袋对着其他孩子眉飞色舞地说："老师真的来了，她穿了件绿裙子，贼漂亮了，不信你们就等着看吧。"说完之后他又像火箭一样冲到自己的座位上，一本正经坐得端端正正。

不一会儿，叶子走进教室，她穿了一件墨绿色的"Ａ"字

长裙，配上一双银白色的平底凉鞋，外加一款粉色的手表，高高的马尾，一张清纯又小巧的脸，这一切都显得那么和谐。

女孩子们看见叶子都跑上来围住她，摸着她的裙子直夸"老师今天好美，好漂亮啊"。平时好动的男孩子却显得很矜持，他们不但一言不发，反而有些不好意思。

叶子习惯性地数了数孩子们，在确保一个都不少的情况下才肯放心地开展有序的活动。最近活动室添加了好多新设备，其中有保龄球，孩子们就没怎么接触过，大家都非常感兴趣，叶子给孩子们分好组，也讲好了活动规则，然后带着他们来到活动室，各组小朋友都很有纪律性，一双双小眼睛认真地观看着叶子的示范，不一会儿他们便都能亲自上阵了，他们果然爱不释手，玩得不亦乐乎。叶子站在一旁看着孩子们游戏，享受着这种独有的快乐时光。

突然，叶子感觉有一双小手从后面一下抱住了她，抱得紧紧的，小脸贴在她的背上，任凭她怎么拉、怎么安慰，都不肯松手。她回头看了看原来是小胡杨，她伸手摸摸她的头，拍着她的小肩膀。"来吧，宝贝，转过身来让老师抱抱你。"过了好久，小丫头才慢慢地松开了手，头却始终不肯抬起来，她用手死死地拽着自己的衣角，两只脚不自觉地互相蹭着，嘴角抽搐着，长长的睫毛眨巴、眨巴，眼里噙着的泪水再也忍不住了，

瞬间像断了线的珠子一般一颗挨着一颗落在了她的小手上，捏着的衣角也跟着潮湿了。她终于缓缓地抬起了头，"哇"的一声就扎进了叶子的怀里，好像攒了一肚子的委屈在这一刻索性就来个一吐为快，再也憋不住了。

当下，叶子唯一能做的事儿就是紧紧地搂着她，帮她擦去伤心的泪水，轻抚着她的后背等她渐渐平复下来，看着她哭得如此伤心，叶子的心都要碎了，不知道究竟发生了什么事情。

叶子既担心小胡杨身体上有什么事，又害怕其幼小的心灵受到什么创伤，顿时，她的心里乱极了，整颗心也被提到了嗓子眼。她说服自己不要胡思乱想，事情不一定有想象中那么糟糕，一切都会好起来的，这也是从教以来她对自己说得最多的话，这几乎也成了她的座右铭。

小丫头的情绪总算稳定下来了，哭过之后她像个小大人一样耸了耸肩，深深地舒了一口气。她扫视了一下周围，看到其他孩子玩得兴高采烈，脸上又露出了灿烂的笑容，她转过头来，看着叶子说："太好玩了，我也要玩，可以吗？"

"当然，去吧！"

"耶，太好啦！"

看着小胡杨远去的身影，叶子觉得好像一切都发生在昨天或是梦里，一切来得那么突然，又去得那么风轻云淡。不由得

轻轻地唱了一句："你的世界我永远不懂……"

又一天，在操场的草坪上，孩子们围成一个大圆圈，叶子坐在中间教他们唱拍手歌，突然她听到不远处的滑梯旁有动静，只见一件墨绿色的小西服挂在滑梯扶手上，有人从滑梯上滚了下来，重重地摔在草坪上。

叶子赶快起身过去，只见一个胖乎乎的小男孩四脚朝天，嘴里不停地喊着"摔死我啦！疼死我啦！"原来是那个叫殷航的小男孩，他皱着眉头，双眼紧闭，叶子着实被吓到了，便伸手去摸他的头，试着扶他坐起来，他睁了睁眼。一看见叶子，他先是一愣，然后噌的站了起来。这次他没有跑，相反他站起来，给她一个九十度的深鞠躬，还说了声谢谢。叶子有些惊讶，不过也正好印证了小米老师对他的评价——虽然他十分淘气，有时候让人摸不着头脑，可他依然和所有的孩子一样可爱、善良、充满朝气。

"还疼吗？"她问他。

他摇摇头说了一个："不。"

叶子邀请他和大四班的孩子们一起玩，他没有拒绝，伸出了小手，可立马又缩了回去，只见他转过身去在手上吐了两口唾沫，在裤子上熟练地蹭了蹭。然后他又伸出了小手，她也没有拒绝，大手拉小手，他俩都坐在圆圈里，孩子们也用掌声

欢迎他的加入。也就是这次，孩子们也都知道了他的名字叫殷航，也有孩子直接叫他"银行"，再后来就没人再叫他"大门牙"或"大胖子"。

以后叶子和他算是熟悉了，他也常来大四班，但是每次来了之后他总喜欢挨着小胡杨坐，班里的孩子都挺喜欢他，唯独小胡杨讨厌他，看着他来了，小胡杨准会骂骂咧咧，要么赶他走，要么干脆把头扭过去不和他搭腔。

这天他又来了，手里拿着两颗糖，好像还有一个小纸团，他悄悄走到小胡杨跟前把一颗糖放到她的画画本上，另一颗他左思右想还是放进了自己的上衣口袋，小纸团却掉到了地上，然后就急匆匆地离开了，叶子看他在走廊里头也没回就跑了。

叶子顺手捡起了小纸团，小心翼翼地打开，只见上面画了一个小女孩，她有着甜美的笑容，这个小女孩像极了小胡杨，只是画法有些夸张，下面还歪歪扭扭地写了四个字"我喜欢你"。

看着这几个字，叶子突然觉得很好笑，想起了有部电影叫《怦然心动》，又想起了高中时期男孩写给女孩的小纸条，轻轻地，她又把这个可爱的小纸放回了原来的样子，将它放到了桌子的一角。

有一天，叶子在走廊浇花，殷航也提了一个小洒壶来帮

忙，之前她已经忘记了小纸团的事，只是觉得可乐。现在倒是个机会，那就问他小纸团的事吧。

他不好意思地说："我前些日子在楼梯上欺负过小胡杨，我故意把她推倒，当时她哭了，我害怕就跑了。其实我喜欢和她玩，可她不理我，我才推的她。我喜欢我们班的阿米娜，也喜欢你们班的小胡杨，阿米娜很漂亮，小胡杨聪明也漂亮。哎呀！我很烦，也不知道我应该喜欢谁……"

他告诉叶子，不要说给别人知道，其实直到今天也只有她知道"他喜欢她"，叶子也终于知道小胡杨那天为什么哭得那么伤心啦！

转眼又到了"古尔邦节"，早在一个月前小胡杨的妈妈就特地打电话，让叶子一定去她们家过节。小胡杨也邀请她去，叶子自然也就答应了。"古尔邦节"又称"宰牲节"，时间在肉孜节后70天。

而"肉孜节"又称"开斋节"，时间在教历10月1日，它和"古尔邦节"都是维吾尔族群众的盛大节日。节前家家户户打扫得干干净净，女人们赶制过节糕点，炸油馓子，做新衣服，进行过节准备。节日这天，维吾尔族人家都要宰羊献祭，上坟缅怀先祖，宰杀牛羊，煮肉做饭，招待拜节的宾朋。

这次过节叶子打算早一点过去，和大家一起准备节日的美

食。她打开衣柜，挑了件颜色绚丽的花裙子，这还是一位开裁缝铺的维吾尔族朋友送给她的，之前她给叶子说自家铺里订了批料子不错，叫艾德莱斯，让叶子有空过去量一下尺寸，好给她做一条裙子穿。当天下午叶子就去了她铺里，挑来拣去大半天，最后选中了一款大红色调的布料，它手感丝滑，色彩迷人，好像这座城市夜晚的街道上闪烁的霓虹，如烟花般绚烂而又不失温暖。这件裙子让叶子爱不释手，她决定穿着去小胡杨家。

老远叶子就听见小胡杨的声音了，原来她老早就拉着妈妈出来接叶子，小胡杨和妈妈也穿了新衣服，叶子和她妈妈的花裙子撞衫了，只不过小胡杨妈妈的艾德莱斯是蓝色调的，胸前还有一圈金光闪闪的小装饰，丰满匀称的身体，高高盘起的发髻，再搭上精致的妆容，和平日里的她简直判若两人，相比之下叶子更喜欢这样的她，因为她看起来光芒四射，自信、美丽，少了一分压抑，多了几分快乐与舒畅。

小胡杨小嘴嘚啵嘚啵一路上就没停过，她妈妈开着三轮车，叶子和她坐在车厢里。这辆三轮车叶子太熟悉了，就是平时接送小胡杨上下学的那辆。

车子前面少了一面镜子，后面的车厢有一边始终关不上，车子一走起来就像火车开动了，传来有节奏的吧嗒、吧嗒

声儿。

叶子和小胡杨躺在车厢里铺开的毛毯上，小胡杨看着叶子笑，叶子又看着小胡杨笑，湛蓝湛蓝的天空，浮云一朵比一朵白，它们在微风里时而互相追赶，时而嬉戏打闹。

路边的槐树上开满了雪白的、紫色的洋槐花，成群结队的蝴蝶和蜜蜂在花朵附近飞来飞去。小胡杨兴奋地拽着叶子的胳膊一会儿躺下，一会儿又坐起来。她俩在简陋的车厢里一路欢畅，一路高歌，她妈妈也跟着她们一起大声歌唱。

车子停到了门口，叶子和小胡杨下了车，她妈妈把车子推到了旁边的车棚里。小胡杨的爸爸和其他男人们在院子里支起了烧烤架，把腌制好了的牛羊肉串在铁扦子上，在炭火上来回翻腾。

里嫩外焦的肉串烤出了油滴落下来，溅在木炭上滋滋作响，小胡杨家的小狗——灿灿把双脚搭在烧烤支架上，眼巴巴地看着主人手里不停翻动的烤肉，馋得直流口水，它谄媚地摇着尾巴，祈求主人家能给它扔一块肥肉。

女人们把这些天制作好的各种美食端上来，有叶子最爱吃的牛肉拌面、烤包子。等着烤肉一上桌，大家就开始入席享受宴席了。大家可以在席间自由地唱歌跳舞，小胡杨给他们演唱了她最拿手的儿歌《春雨沙沙》。她坐在地上一个字、一个字

地唱，两只手模仿着春雨飘落的样子，逗得大家哈哈大笑。

维吾尔族语里的"巴扎"就是集市的意思，巴扎天就是她们的赶集日。一般星期六和星期天这两天，当地人都会去逛巴扎。大概是入乡随俗的缘故吧！五年来，叶子也养成了每周去巴扎的习惯。离她住的地方不远处就有一个大巴扎。

每逢周末，巴扎口总会异常热闹，只见保安大叔忙前忙后地疏导着来来往往的车辆，远处几家刚刚还在营业的路边摊，见了执勤的城管，赶紧推着三轮车溜得无影无踪了。

那个卖红薯的老大爷，他屁股后面挂了一个小喇叭，在不停地喊着："刚出炉的红薯，便宜卖了，大家快来看，快来尝啊！"老人家热情地向每一个从他面前路过的人吆喝着。

话说还是他第一个看见城管的，老人真是眼疾手快，一把摁掉了正叫得起劲的喇叭，推着车子健步如飞地躲进了巷子深处。

巴扎里面更是热闹非凡，刚一进门儿就有叶子最喜欢的爆米花，这样的摊位一家挨着一家，它们都是现场爆的。爆好了米花，老板将它们装进一个印花的大纸杯里，然后用一根彩色的塑料纸包起来，再系上一个蝴蝶结。年轻的老板似乎很满意自己的手艺，脸上挂着自豪的笑容，看着面前排着的长队，他的干劲更足了。他伸着脖子一边搭讪着队伍里最漂亮的那个女

孩儿，一边熟练地往机器里灌玉米粒。

旁边还有烤包子和烤鱼，叶子早在外面的街道上就闻见了浓浓的香味，每次来都得排好久的队，最糟糕的就是排了好久的队，终于轮到自己了，只听见老板一拍脑门说："坏了坏了，又没啦！"叶子就遇到过这种事，不过这次还算走运，既没有排队也没有人挤，还管够。此刻叶子的心情只能用一句流行歌词来形容："好嗨哟，感觉人生已经达到了高潮。"烤鱼的香味儿也深深地吸引着她，铁板上的一整条鱼三下五除二就被老板大卸八块了，十块钱一大块，还可以自己挑选。老板见叶子是常客，于是给多拿了两块塞进了报纸里包好了递给她。

隔壁那家的凉皮也不错，对于一个十足的吃货来说，叶子每次来了都得吃一碗，可自从老板认出叶子就是他儿子的班主任以后，她就再也没有光顾过。原因很简单，就是每次吃完了老板不但不收钱，还要另外装两份让她带回去吃。

有一次叶子和朋友一起去吃凉皮，热情的老板也是照单不收，朋友不好意思扔下了20元钱拉着她往外跑，老板愣是追出几十米把钱又塞给了她们，这以后她也就不好意思再去了。

这天路过这里，叶子一眼就看见了她的学生阿不拉，一个大眼睛，黑皮肤，喜欢跳舞的男孩儿，他眉眼间透着一股独有的灵气，温文尔雅的气质，不紧不慢的处事风格又很像小大

人。班里的孩子都喜欢找他主持公道。听他爸爸说阿不拉平日里就非常懂事，也很孝顺，他妈妈去世好几年，他爸爸又起早贪黑地出摊忙活，卧病在床的奶奶全靠阿不拉照料着，端水喂药，帮老人擦脸梳头，这些事儿阿不拉都干得很好。

这会儿，他正在爸爸的摊位上给客人们端茶倒水，收拾碗筷桌子，还替爸爸收钱管账。他爸爸很胖，中午时分吃凉皮的人越来越多，只见他爸爸一会儿切凉皮，一会儿拌料汁，忙得不可开交。终于送走了最后一大拨客人，他爸爸赶紧在旁边的凳子上坐下来歇歇脚，阿不拉忙完了自己手里的活，蹲下来帮爸爸捶捶腿，还仰起头来做着鬼脸逗爸爸开心。

路边的摊位上摆满了无花果、葡萄干、巴旦木、腰果和开心果，摊位的主人们躺在遮阳伞下的长椅上，悠闲地摇着手里的扇子，眯着眼睛享受着午后的阳光。

朋友指着一箩筐桑葚干，轻轻地喊了一声："老板，我要这个。"一个身材矮小的妇人漫不经心地从脸上拿开了油纸扇，伸着懒腰从摇椅上站起来招呼她们。

对面一群学生模样的孩子正围着一口冒着热气的大铁锅，叶子拉着朋友也跑过去凑热闹，原来是新开的一家麻辣串摊儿，老板娘在做活动。有肉串，也有素串，一口浅浅的大铁锅，炉膛里的火烧得正旺，凹下去的铁锅中央是已经煮沸了的

红油麻辣汁，锅的边缘一串挨着一串，摆满了各种串串，每一串上都均匀地蘸上了鲜艳的汤汁，正往外冒着诱人的香气。

空有一颗减肥的心，叶子还是没忍住，一口气挑了十几串，决定打包带走。朋友给了她一个"鄙视"的眼神，笑着说："我知道，先吃饱再减肥，对不对？"两人笑作一团。

最热闹的还属农贸市场里面，从羊肉摊后面的大门往里走才是真正的大卖场，四周店铺林立，市场的货架台上摆满了各种蔬菜、水果、鞋子、衣服等，让人眼花缭乱。

年初叶子生了一场大病，能病愈回到自己一直热爱的工作岗位，她也算是死里逃生吧！可服用的大量药物使她的头发掉得厉害，后来听同事说她们本地有一种草药可以生发，她自己也在吃，效果很不错的。同事把卖草药的店铺的位置告诉了叶子，还给她画出了草药的样子，标明了颜色，有图在手自然就好找，在市场的拐角处，叶子一眼就看见了同事说的那家店。

叶子不知道那种草药叫什么名字，同事也不知道用普通话怎么翻译，可一进店，叶子立马就找见了装这药的袋子，它和其他一二十种香料摆在一起。

叶子抓了一把放在手心里仔细观察，表面看着和黑芝麻没什么两样，可这味道实在是难闻，有股韭菜籽的辛辣和刺鼻味儿。老板给叶子称了半斤多，然后用破壁机打成粉末包起来给

她，她抱着它视若珍宝。

大病初愈的叶子简直就弱不禁风，面黄肌瘦不说，好像打一个喷嚏都能使全身的骨头散架。为了在孩子面前装坚强，走路时她故意抬头挺胸。

可当四下里没人的时候，她总是扶着墙角大口喘气，有时心脏也跳得很快，她只好赶紧蹲在地上，将双膝顶在胸前让自己慢慢平静下来。

这种情况叶子只能选择步行上下班，单位离她住的地方不远，但也不算很近，没有小道可抄，一马平川的阳光大道，一个人走起来总会有一些荒凉和无助。

天才微微亮，叶子早已下了楼，清晨的空气总是格外的新鲜，她在小区门口匆匆买了一份早餐，边走边吃。这时候街道上还没有几个行人，除了几家早餐店在正常营业之外，所有的店铺都还在沉睡中。

对了，还属佳佳商行的老板起得最早，不管叶子什么时候从她家门前经过，那个和蔼可亲的阿姨准在超市里忙活。

她五十岁左右，个头和叶子差不多高，一头干练的短发，嘴巴上有一颗痣，慈眉善目，一脸福相。平日里叶子经常去她家超市买东西，阿姨对她也总是嘘寒问暖的。

记得上次，叶子在她家超市挑选了好多东西，可回头一摸兜手机忘拿了，现在的年轻人若不带手机就可能寸步难行。超市里有好多人，她准备把这些已经扫过码的东西放回去，可当时阿姨的一句话让她感动至今，她说："丫头，东西你先拎走吧，钱改天付就是了。"

一百多块钱的商品，虽然叶子也是熟人，可阿姨连个字据也没让留，简简单单的一句话就让她把商品带走，这是多大的信任啊！

穿过第三个十字路口，沿着路边一直往前走就是叶子上班的地方，看似很近，可走起来没有二十分钟是到不了的，每次走到这里，天就已经大亮了，城市里的上班高峰期也在这个时候到来了，马路上全是川流不息的车辆和匆匆忙忙的上班族。

叶子小心翼翼地沿着马路往前走，突然一辆电动车停在她面前，紧接着车上的人摘下了头盔，原来是隔壁班的张老师，她对叶子说："赶快上车吧，我捎你一段。"说实话，叶子已经没有一点力气再继续走了，看张老师又那么热情，她不再拒绝，颤颤巍巍上了张老师的车，她把头靠在张老师的后背上，是那么的温暖。

走的时间长了，便有家长认识叶子，因为在这条路上走的只有老师、家长和孩子，没有其他岔路，除了幼儿园也没有其他的建筑。不管是私家车、三轮车，还是电动车，只要叶子一

招手他们都会停下来，其实也不用叶子自己拦车，他们谁碰见了都会让叶子搭个顺风车。

慢慢地，叶子的身体一天比一天好，她终于可以骑车出行了，她迫不及待地从地下室找出了那辆粉色自行车，拍拍上面的灰尘，用水洗得锃亮。

第二天，叶子骑着它上街美美地溜一圈，可能是好久不骑的缘故吧，刚一上路就掉链子。刚好坏在了十字路口，往前往后都推不动它，叶子只好把它扛到路边。幸好她碰见了阿瓦汗，阿瓦汗是她们幼儿园的清洁工，恰巧叶子和她又在一栋楼里上班。

叶子在大四班，阿瓦汗打扫三楼走廊的卫生。还记得叶子刚来的时候，阿瓦汗连一句普通话也不会说，她们之间的交流全靠手势和猜测，叶子交代的事情总是被阿瓦汗干得一塌糊涂。

有一次叶子告诉阿瓦汗三楼有间空房子，里面放了几只大纸箱子，箱子里面的东西都有用，不能扔，阿瓦汗点头答应："没问题。"可第二天一开门，叶子就傻眼了，所有的纸箱子都不见了踪影，她赶快喊来阿瓦汗想问个究竟，谁知阿瓦汗告诉叶子："这些昨天下午就被当废品卖了。"她得意地说给叶子听，好像叶子还得夸她几句不成，当时叶子简直被气笑了，这样的

事在阿瓦汗那儿都算小事儿一桩，叶子慢慢地见怪不怪了。

后来，阿瓦汗就变聪明了，不管叶子说什么，她都会找一个老师来当翻译，叶子平时工作忙，闲下来的时候，她也会找阿瓦汗过来，教她一些简单的日常交际语。

阿瓦汗也是一个极其聪明的中年妇女，至少她在语言方面很有天赋，短短数月，她已经和大家可以正常交流了，而且吐字清晰，语调把握得很准。

看见叶子站在路边，阿瓦汗在马路对面远远地就喊叶子，向叶子招手，她在前面拐了弯过来，见叶子自行车的链子掉到了地上，一把扛起了叶子的自行车，放到自己三轮车厢里，又从座位底下拿出了一个白色的头盔递给叶子说："走，上车！"

时间如白驹过隙，转眼间就到了毕业季，大四班的孩子们即将成为一年级的小学生了。

孩子们爱叶子，而叶子更是深爱着他们，一想到要彼此分别，一股忧伤不禁涌上心头。除了舍不得还是舍不得，此刻叶子心中有千万个不放心，怕他们不会照顾自己，怕他们受伤了没人抱一抱，怕他们过马路不看红灯。

时间就是这么奇怪，它永远不会迟到，总是在该来的点儿稳稳地降临，纵使你有亿万个理由和不舍，又如何呢？

七月份的天气火辣辣的热，三楼的教室更是燥得难受，

天空中没有一丝风，榆树叶子也被直射下来的太阳光给烤蔫儿了。

花坛里五颜六色的格桑花散发着阵阵芳香；荷兰菊顶着小脑袋努力生长，它藏在玫瑰花下暂时算是躲过了夏日炎炎；趴在地上的太阳花和抬头挺胸的向日葵尽情地转着身子享受着这得天独厚的日光浴。

孩子们结束了一早上的学习活动，终于在午饭后可以美美地睡上一觉，躺在天蓝色的小木床上，淡蓝色的被褥上还有小猪佩奇陪着他们入睡，冰湖蓝的窗帘上印着海底世界，每天午睡时分孩子们都会看着眼前的这片大海，带着无穷无尽的想象进入梦乡。

太阳光从窗缝里挤进来照到孩子们的脸上，一张张红扑扑的小脸蛋是那么的天真无邪。叶子穿梭在这些小床之间帮他们拉拉衣角，盖盖肚脐，这些日常都是她一天中最快乐的时光，可眼下他们就要升入小学了。哎！不能想，只要想到明后天就要彼此说再见了，叶子鼻子一酸眼泪立马就掉下来了。

下午配班老师带领孩子们一遍又一遍地朗读幼儿园毕业歌《今天我毕业了》。

今天是我最后一次站在这里，

和老师小朋友在一起，

我是多么欢喜。

再过几天，

我就要进小学了，

做一个一年级的小学生，

坐在明亮的教室，

读书写字多神气。

亲爱的老师、阿姨，

我有很多的话要说给您。

三年前我第一次来到这里，

玩具扔满地，还要发脾气。

今天站在这里的还是我自己，

脸上再也没有泥，

手帕袜子自己洗，

还会唱歌跳舞、画画、讲故事，

懂得了很多道理。

亲爱的老师、阿姨，

我从心底感谢您。

再见吧老师！

再见吧，阿姨！

我以后一定来看您，

向您汇报我的成绩。

园长说："明天你们每个班自行组织活动，后天早上全园一起要举行毕业班的汇报演出。"而她们大四班的表演节目就是这首毕业歌，配班老师弹琴伴奏，叶子和保育老师负责后勤保障工作。加上今天的排练，她们已经练习了几十遍了。

叶子坐在最后一排，看着孩子们的背影，听着他们稚嫩的朗诵声，心中有种说不出的成就感。记得当初家长刚送他们入园的时候。有的小朋友哭天抹泪的，就算爸爸妈妈陪着他们也会哭得撕心裂肺，实在哭累了就倒头睡去，眼睛睁开了接着继续哭，他们成功地联动了左邻右舍的孩子，由一个到两个、三个，再到一大片，哭声就像过山车一样此起彼伏。

有的孩子不哭也不闹，他们静静地坐在板凳上一言不发，好像这里的一切跟自己一点关系也没有，他们偶尔点下头或摇一下脑袋，就会让叶子满心欢喜。

有的孩子天生好动，他们就像充满了电的陀螺，丝毫没有要停下来的意思，别的小朋友一看见他们就想躲到九霄云外去，那一个个小眼神里写满了不耐烦。

小胡杨刚来那会儿，总是不停地摔跤，有时候还会尿裤子，让叶子整天焦头烂额的。可如今的小胡杨不仅个头长高了，身体也强健了不少，除了走路慢之外很少摔倒。

现在的他们早已长成了另一个自己，每一个小朋友都能讲一口流利的普通话，大家声情并茂地朗诵这首《今天我毕业了》。

其实，小孩子有时候比大人的感情更细腻，比如：小胡杨心里也很清楚很快就要和大家分开了，她舍不得，像个小绵羊一样依偎着叶子坐下来。她把身子往叶子跟前使劲靠了靠，拉起叶子的胳膊和她的胳膊挽在一起，将头靠在叶子的身上意味深长地叹了口气，可她什么话也没说，只是不时地抬起头来看看叶子，小脑袋在她的身上来回蹭着。

小胡杨轻轻地拉起叶子的手，再将自己的小手贴上来，她们五指相交两手紧紧地合在一起。她俩的心也仿佛融合成了一颗，有着共同的心跳，无需过多的言语彼此就能心灵相通。小胡杨故意挠着叶子的手掌心，叶子笑她也笑。

第二天来上学，小胡杨妈妈照常把她从三轮车上抱下来，然后从车厢里拎出满塑料袋杏子来，她试了试袋子还算结实，就交到了小胡杨手上，目送女儿走进了幼儿园。

小胡杨一手拎着袋子口，一手紧紧地搂着袋子里面的杏子，隔着栅栏，她看见了叶子便高兴地大声喊："老师！杏子。"

　　叶子听到小胡杨的声音就往门口走，可能是太激动了，装满杏子的袋子挂上了幼儿园的铁门，只听见"刺啦"一声，塑料袋子就被划了一道口子，大大小小的杏子就像一个个橘色的乒乓球一样洒落一地。

　　小胡杨回头看了一下，又继续往叶子跟前跑，每跑一步袋子里剩的杏子就会跟着跳出来几个，然后弹在地上。

　　小胡杨在前面跑，杏子在后面追。最后袋子里只剩下了两颗杏子，她一手死死地捏住那两颗杏子，连同塑料袋放到了叶子的手上，笑着说："老师！给你。"

　　小胡杨的笑是那么的甜，仿佛可以治愈这世间的一切不开心。叶子摸摸她的小脑瓜儿，帮她擦一擦脑门的汗珠儿，拉着她一起蹲在地上捡杏子。

　　叶子捡起了一颗最小的喂给小胡杨吃，小胡杨挑了一颗最大的放到嘴边吹了吹，然后递到叶子嘴里，她们相视而笑，亲密极了。

　　毕业典礼这天，孩子们的汇报演出很成功，叶子班总分9.8分，获得了全园第二名。前一天叶子他们在班里也搞了一次大联欢，她和其他两位老师给孩子们买了蛋糕、水果和其他的小礼物，还有家长送过来的烤馕和烤包子。

　　他们把桌子围成了一个大圈，中间留出一个大舞台。每个

孩子都准备了小节目，小胡杨带着爸爸来给助阵。一贯帅气的爸爸打扮得格外耀眼，他身穿深蓝色的绸缎面儿衬衫，束在笔直的西装裤里，脖子上扎着黑色的蝴蝶结，尖头皮鞋擦得锃亮，打了发胶的自来卷很有型，左手腕上戴了一款金色的手表。

小胡杨犹如一个漂亮的公主，爸爸伸出手来邀请她跳舞，她慢慢地站起来把手放到了爸爸的手上。眼前这个不善言辞的男人，用自己的舞技征服了所有人，他的每一个动作，每一次转身都在保护这个精灵般的女孩儿，他的眼里都是浓浓的父爱。

毕业典礼之后，叶子只见过小胡杨一次，就再也没了联系。尽管后来她多次去看她，可她家也是大门紧锁。问周边的邻居他们也不大清楚，有的说他们好像搬了家；有的说他们一家老小都去了外地；有的说走亲戚去了，过不了几天就会回来；还有的说他们去内地投靠亲戚了，以后可能不再回来。

再见小胡杨已经是两个月以后的事了，说来也巧，叶子这回带的又是小四班，也就是三年之后的又一个大四班，她们已经结束了全部的报名工作，马上就准备开学了。

那天下午，叶子在院子里看见了小胡杨，她和爸爸一起来的。看见叶子出来，她爸爸赶紧把手里提着的两个哈密瓜塞给

了叶子，看他那么热情，叶子实在不忍心拒绝，就收下了。

她爸爸把叶子拉到了一边说："小胡杨嘛还想放在嘛你的班里，小学嘛没人愿意嘛要她，我嘛跑了嘛好多学校嘛都被人家拒绝了，我嘛实在嘛没办法了。我嘛求你了，我嘛给你跪下了。"说着他双膝一曲就要跪倒了，叶子赶紧拉他起来。

叶子心里实在是够难受的，看着这个大男人嘴唇上干裂的一道道口子，她真不知道自己该说些什么，好像拒绝和接受对他们来说都会是一种无形的伤害。

刚好朋友送给叶子一张"甜甜圈"的优惠券，这是这个城市里比较好的一家蛋糕店，店里还有小朋友玩耍的场所。叶子带着小胡杨到那里玩，顺便也要和她爸爸聊聊她上学的事。

那天，他们在这家店里聊了好久才离开，傍晚时分略显昏暗的灯光下，他们三个人各自怀着心事谁也不说话，小胡杨安安静静地坐在沙发上拨弄手中的橡皮泥；她爸爸脸色凝重地看着对面街区的老字号招牌；剩下一个不知所措的叶子，在一旁不知道该说些什么好。

在这座熟悉又陌生的城市里，叶子没有什么朋友，小胡杨也没有几个小伙伴，同龄的孩子都上了小学，他们各自忙着他们的学业，比她小点的孩子，她却不愿意搭理人家。

过去她们朝夕相处，是小胡杨给了她直面困难的勇气，让

叶子那颗浮躁的心变得柔软和平静。虽然小胡杨叫她老师，但在叶子心里早已将小胡杨当作一个知心朋友。

夜已经很深了，他们走出蛋糕店，外面的世界依然很精彩，热闹的城市里，年轻人才刚刚开始他们的夜生活。超市门前的大电视屏正在播放大美胡杨林的宣传片，小胡杨听到电视里主持人提到"胡杨"两个字，她兴奋地指着电视让叶子看。

叶子问小胡杨："你想去看胡杨吗？"

小胡杨高兴地抱着她的脖子说："想！"

"老师，什么时候去？"

"秋天去如何？"

小胡杨边跳边说："好！好！秋天去。"

叶子说："来，拉钩！"

她爽快地伸出了小拇指。

等到秋天到来的时候，小胡杨却没能和叶子同行，她爸爸费尽心思终于给她找到了一所愿意接收她的学校，只不过在外地，于是他们全家都过去了，叶子独自来到胡杨林，水库两岸的胡杨在这得天独厚的自然条件里长得郁郁葱葱，伴生的怪柳、沙棘等都是生命力极其顽强的树种。深秋时节的胡杨林一片金黄，绵延千里的黄色走廊如同一幅优美的画卷，美得让人感觉痛苦不再是痛苦，忧伤也不再是忧伤。

　　叶子漫无目的地在林间穿梭，一边吟唱古人的诗词"茫茫荒漠夜孤单，细语胡杨度万年"，一边努力回想着她和孩子们一起度过的快乐时光！

　　在那些孤独和忧郁的日子里，是他们，那一个个犹如胡杨般美丽、坚强的南疆娃儿给了她生活的勇气，是这里淳朴善良的乡亲们给了她扎根南疆的信念。她爱这里的人们，也爱这片土地。

第五章　和解

俗话说，有缘千里来相会。叶子相信小胡杨肯定也在另一个地方默默地思念她，她相信小胡杨一定会像真正的胡杨树一样，踩着脚下的泥土，奋力触摸美好的天空。

叶子不再感到迷茫和忧伤，她感觉自己的人生也仿佛有了新的意义，她开始尝试着放下过去，开启崭新的旅途。

这些年里，她的内心一直在逃避，逃避自己的过去，逃避自己那不堪的人生，无数个夜深人静的时候，往事不可抑制地涌上心头，叶子脆弱的内心一次次被过去的伤痛碾压，她曾一度认为自己是这个世界上最凄惨的人。她跪在地上一遍又一遍地问苍天："难道这就是命吗？我真是村里人口中的那个不祥的女人吗？"

　　有一次，她觉得太痛苦了，掏出一瓶二锅头"咕咚咕咚"一饮而尽。辛辣的白酒滑进她的喉咙，灼痛了她的心，令她摇摇欲坠，无力支撑自己的身体，好在她在不省人事之前拨通了我的电话，电话拨通之后，她嘴里翻来覆去地念叨着"我命由我不由天"。我不由得心里一紧，赶快穿好衣服，叫了辆出租车去看她。

　　我敲了敲门，里面没人应，我推门走了进去。只见屋子里门窗紧闭，房间里一片漆黑，她醉醺醺地倒在客厅的沙发上，嘴里面喃喃自语。

　　显然，她没有发现有人进来，连地方也没挪一下，只是直挺挺地躺在那儿。

　　夜已经很深了，窗外的树梢上挂着一轮圆月，一阵秋风吹过，对面人家窗户里的灯一盏接一盏地熄灭了。这无数扇小窗户里都有着各自的故事，白天大家为了工作、为了家庭、为了无数的"为了"而忙碌，只有在这宁静的晚上他们才可以安然睡去。看着蜷缩在沙发上睡得很不安稳的叶子，我拉上了窗帘，静静地躺在她的身边。

　　早上，阳光穿过厚厚的窗帘，一直照到了沙发上。叶子掀起了裹在身上的毛毯，伸了伸懒腰，从沙发上坐起来。她看见躺在一边的我，高兴地叫起来："你什么时候来的，好久不见

啊，我都想你啦！"

她在这里已经生活了快七个年头了，平日里我工作比较忙，尤其是最近这两年，我常年在外地跑业务。虽然我俩渐渐地疏远了，但是她有什么事儿还是喜欢和我分享。

她带我去了自己的家，这是她刚为自己置办的小家。这些年她省吃俭用，也算是积攒了一些钱，在图木舒克市最繁华的街区买下了一个一居室。房子南北通透，小区环境优美，简单大气，很有格调。

叶子从柜子里拿出一瓶饮料递给我，她指了指楼下，让我看。顺着她的手指往下看，哇！一辆崭新的大红色的小轿车，我惊叫了起来。

她让我闭上眼睛，伸出一只手，不要说话。"叮叮当！"她将藏在身后的车钥匙拿了出来，放到我的手心里，让我猜猜看。

我笑着说："这还用得着猜吗？你直接带着我去感受不就得了吗？"她拉着我下了楼，开上了自己的爱车，载着我，我俩第一次绕着这美丽而又忙碌的城市转了个够。

她告诉我："这个寒假，也就是春节前后，我想回家看看，这么多年，我一直选择逃避现实，和那个伤心的地方断了联系。可如今我只想面对现实，毕竟那是生我养我的地方，那里

葬有我可怜的母亲，还有那些爱过我和我爱过的人……"

我说："到时候，咱俩一起回家，我也有两年的时间没有在家过春节了，我想我的家人，更想我那个多事儿、有趣的祖母，她老人家过了这个年就整整九十岁了。"

已近七年没有回家的叶子，终于踏上了回家的列车。她心中既有忐忑，又有久违的亲切感。当火车停靠在自己的小县城时，她激动地流下了眼泪。家乡的一切都发生了巨大的变化，不管是城市，还是农村都有了新模样。

只有门前的那条小河还是那么的清澈，叶子捧起一捧河水放到嘴边，她闭上眼睛尽情地吮吸着家乡的味道，河水还是原来那般甘甜，两岸的小树已经长大了，它们的枝叶像一顶密不透风的帐篷，专为这条小河遮风挡雨。

小时候的村庄已经不复存在了，村里的人家都盖起了二层小楼，连放牛娃李三儿家也盖起了楼房，还娶上了隔壁村的村花做媳妇。这些年国家的政策好，村里办起了养殖场，种上了果树，村民们通过政府的各种技术培训，有了新知识，掌握了新技术，因此大家学会了科学致富。

站在山梁上，只看见叶子家的土房子像一个鬼屋一样杵在村口。房顶上的青砖瓦已经长满了厚厚的绿苔，几扇木窗户也早已被村里淘气的小孩儿卸下来烤地瓜用了。黑黢黢的烟囱躲

在柳树后面若隐若现，掉了泥的墙皮在风中摇摇欲坠，大门上挂着一只碗口大的铜锁，两扇松动的烂木门风一吹就咯吱咯吱响个不停。

看着这个凄凄惨惨的家，叶子不由得鼻头一酸，眼泪止不住地哗哗直流。她赶快找村里人打听她父亲的消息，提起她父亲可谓无人不知，无人不晓。

就在叶子离开家的第四年夏天，这个男人突然就回家了，他也不疯了。尽管还是不爱说话，但他的疯病彻底好了，回家之后的他变得愈加沉默。

他经常去后山看自己的女人，也就是叶子的母亲，有时候他一句话也不说，也能在坟头儿上坐一天。

之前没人告诉他女儿叶子去了哪儿，他身上一直带着女儿小时候的一张照片，只要想她就会掏出来，一边看，一边默默地流泪。后来我祖父偷偷告诉他："叶子没事儿，她忙完了工作就会回家看你，你就消停在家待着，别再给孩子添乱了。"

他知道这个消息时，高兴得老泪纵横，差点就给我祖父跪下了。以后的每一天他都会跑到村口等上几个小时，他多么希望一转脸就能看到自己的女儿啊！

就他家的那个老房子，政府的工作人员不知道跑了多少趟，他们只为将它推倒重建新农村，建好的房子继续归叶家所

有。可叶子的父亲就是不答应，不管谁来当说客，他就一句话：
"不！我的叶子还没有回来。"

就这样，只有她家的房子还保持着原来的模样，叶子站在
山梁上，远远地就认出了自己的家，那个曾经带给她无数欢笑
与悲伤的地方。

村里人说："只要找到河对岸的马寡妇就能寻见你父亲，他
们好像搬到了其他村。不过他每天傍晚都会到咱们村口转悠
一圈。"

叶子听到这个消息高兴坏了，她从来都没有奢望过这辈子
还可以和父亲相见，在她的脑海里曾经出现过父亲被冻死在街
头的场景，也不止一次地出现过他被坏人毒打和利用的场景。

叶子真不敢想象那个爱她的男人还活着，并且他也在每
分每秒地思念着她。叶子一边流泪，一边双手合十感谢着老
天爷。

那天黄昏，叶子看见一个人颤颤巍巍地向村口走来，他一
手挂着拐杖，一手撑在腰间，每走几步就要停在路边大口地喘
气。他的头发全白了，身材佝偻得厉害，但叶子一眼就认出了
他，她一步并作四五步扑到了他的怀里。

叶子一声久违了的"父亲"，叫得这个男人肝肠寸断，他扔
掉了手里的拐杖，抱着女儿放声痛哭。

父亲告诉叶子，马寡妇也是个可怜的女人，死了男人，守着儿子一天天长大，可谁知道，儿子刚娶了媳妇还没几天就出事了。

那年，挨着叶子家油坊的那块自留地里，马寡妇种上了地瓜，那是村里人第一次种这个，之前大家都没见过这东西。

叶子的父亲继续说着，秋收时节，这地瓜真是好收成，马寡妇的儿子用三轮车拉了几十趟，村里的其他人都看着眼红。眼看着再有两三趟就拉完了，可就在那个时候，车子却翻到了路边的深沟里，人当场就没了气息。

在她儿子去世一百天之后，马寡妇的儿媳妇也走了，她带走了家里所有值钱的东西，连床上的一条破被子也没留下。没了活路的马寡妇，遇上叶子的父亲，俩人就这么在一起搭伙儿过起了日子。

俩人为了躲避村里人的闲言碎语，就搬到了几公里外的其他村里生活，如今他们已经相互扶持走过了第二个年头。父亲的眼神躲闪着，他不敢看叶子的眼睛，他怕女儿不赞成他和马寡妇的事儿。

其实，叶子高兴都来不及，如今父亲有了自己的家，也有个知冷知热的人儿照顾，这是多么圆满的结局。她拉着父亲的手，放到马寡妇手上，为他们送上迟到的祝福。她拿出了从县

里买回来的银镯子戴到马寡妇的手腕上。

第二天，叶子的父亲找来了政府的人，一辆挖掘机展开长长的手臂，几下就将老屋推倒了，没几个月时间，在这片土地上就盖起了二层小楼来。

河对岸的白家，也盖起了小洋楼。白冰刚好在家，他正滑动着轮椅打算出门晒太阳。

当年他迷上了赌博，不仅毁了自己，也毁了他和叶子辛辛苦苦建立的家。输了房子，丢了工作不说，在欠了一屁股债之后，招呼也不打一声，就人间蒸发了。任凭自己的女人，那个刚刚痛失儿子的母亲，被催债的人赶出了家门，又被他人收走了房子。

五年过去了，这个男人一瘸一拐地回家了，白家人一致对外说，白冰是在工地上干活时不小心摔断了腿。可我祖母从别处打听到，这事儿可没那么简单，白冰的腿是被要债的人给打折的。而打了他的不是别人，就是下坝村的黑豹，有一年，我祖母到下坝村去看戏。黑豹坐在戏场里当着我祖母的面儿说给好多年轻人听的。

回家之后的白冰，腿部的伤势越来越严重，一时间他连站都站不稳，他父亲才给他买了辆轮椅。自此他坐上了那东西，整个人就变得窝窝囊囊，也不好意思拿正眼儿看人了。瞅见村

里的熟人就摇着轮椅往家里钻，慢慢地他的头顶上长出了无数根白头发。

现在的叶子，已经放下了仇恨，她不再痛恨眼前这个唯唯诺诺的男人。她只想尽自己的一份力量，给他重新振作起来的勇气。这两年，叶子也到大城市参加了不少培训，在外面她接触到了好多新鲜的事物。她觉得白冰大学期间是学计算机的，他本人脑瓜子也比较灵活。刚好可以开网店，帮助乡亲们销售农产品什么的，也是一条很好的出路。

就这样，叶子托朋友卖掉了自己的爱车，差不多凑够了十几万元，帮助白冰在自家门口开起了小超市，又给他买了电脑和新手机，让他重新找回对生活的热情。

白冰的心里也是五味杂陈。他既羞愧难当，又无比感激叶子的宽恕，他立下了字据说："等我有钱了，一定还你。"叶子接过纸条，叠好之后放进了口袋说："我信你。"

安顿好一切，叶子和父亲，还有邻居们道了别，收拾好了皮箱，准备回南疆了。临走的前天晚上，白冰母亲来找她，她递给叶子一个未封口儿的信封，叶子打开一看是张离婚协议书，右下角有白冰的签字。

叶子深深地舒了一口气，在那条横线上签上了自己的名字，将它重新塞回了信封递给了白冰母亲。白冰母亲，叶子曾

经的婆婆，嘴巴张了又张，最终只说了句："叶子，一个人出门儿在外，要好好照顾自己。"说完，她扭头就走，转过街角，叶子听见她的哭泣声，那哭声绵延悠长，犹如黑夜一样没有尽头。

叶子笑着点点头。此刻的她已经放下了过往，和这个曾经带给她万般痛苦的地方达成了和解，也给自己的心灵彻底松了绑。

经过了千沟万壑，越过了寒冬腊月，叶子终于迎来了自己的春天。